海洋
博物馆

〔韩〕尹滋宁/著　　〔韩〕海马/图
赵英来/译

海峡出版发行集团 | 海峡文艺出版社

图书在版编目(CIP)数据

海洋博物馆/(韩)尹滋宁著;(韩)海马图;赵英来译. —福州:海峡文艺出版社,2022.11(2023.5重印)
ISBN 978-7-5550-3139-0

Ⅰ.①海… Ⅱ.①尹…②海…③赵… Ⅲ.①儿童小说—长篇小说—韩国—现代 Ⅳ.①I312.684

中国版本图书馆 CIP 数据核字(2022)第 176688 号

海洋博物馆

[韩]尹滋宁 著 [韩]海马 图 赵英来 译

出 版 人 林 滨
责任编辑 邱戊琴
出版发行 海峡文艺出版社
经 销 福建新华发行(集团)有限责任公司
社 址 福州市东水路 76 号 14 层
电话传真 0591—87536797(发行部)
印 刷 福州印团网印刷有限公司
厂 址 福州市仓山区十字亭路 4 号金山街道燎原村厂房 4 号楼
开 本 700 毫米×1000 毫米 1/16
字 数 120 千字
印 张 12.75
版 次 2022 年 11 月第 1 版 2023 年 5 月第 2 次印刷
书 号 ISBN 978-7-5550-3139-0
定 价 38.00 元

如发现印装质量问题,请寄承印厂调换

黄太星：

　　小朋友们，欢迎来到奇妙的海洋博物馆。我是一名科学讲解员，对生物学、地质学、气象学、海洋学等领域抱有极大的兴趣。让我们一起进入小说《海底两万里》，去看深海中的抹香鲸、南极的帝企鹅吧。

闵书妍：

　　对于希望进入小学科学社团的我来说，科学创意大赛实在太重要了。但是，我竟然跟"吃货"吴百根、"独行侠"千东海组成了一队。来到海洋博物馆后，还进入小说《海底两万里》中。真是让人难以置信！怎样才能回到现实世界中呢？

尼摩船长：

　　我是神秘潜水艇鹦鹉螺号的船长，来自小说《海底两万里》。在我的潜水艇上，我的话就是法律！你们最好记住这一点。从现在开始，好好体验乘坐潜水艇之旅吧！

吴百根：

　　鹦鹉螺号真是太酷了！这里有令人惊叹的海上剧场和丰盛的餐桌，还有舒适的床铺。厨房里各种海鲜食材，让我这个大吃货终于找到了属于自己的舞台。跟我来，我带你尝尝吴大厨制作的梦幻菜肴。

千东海：

　　我是从海边村落转学来的，一些同学为此经常取笑我。我决定不理他们，一个人当"独行侠"挺好的。阴差阳错地登上鹦鹉螺号后，我发现这里简直太棒了。我要去欣赏美丽的海洋生物，把它们都画下来。

目录

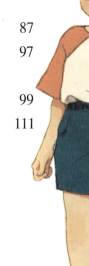

序幕：
令人心寒的组合

班长闵书妍翘首期盼着即将举行的科学创意大赛。要进入小学科学社团，必须在此次大赛上取得好成绩。稍后的第五节课上，会确定备战小组成员。

首先要当选为班级代表才行。闵书妍环顾一周，该与谁合作呢？

吴百根正在吃牛角面包。他可是一个"吃货"，恨不得天天带着食物上学。

"嘿——吴百根，不要在学校一直吃啦！刚吃完饭才多长时间啊，还在吃？"

"班长，人最大的欲望可是食欲啊。千万不要剥夺我的幸福。还有，这个是饭后甜点哦！"吴百根不顾闵书妍的提醒，张大嘴把剩下的牛角包一口塞了进去。

闵书妍无奈地摇摇头。这时，智贤走了过来说："班长，班主任找你，快去办公室看看吧。"

来到办公室，班主任看了看闵书妍，脸上露出意味深长的微笑。

"书妍啊，等一下分组时，你来负责千东海吧。"

这对于闵书妍而言，简直就是晴天霹雳。

千东海是不久前转学来的。他自称来自海边，皮肤黝黑黝黑的，头发厚实而蓬松。不知是不是这个缘故，大家谁都不愿意接近他，一些淘气的孩子还以"身上有一股鱼腥味"来取笑他。千东海也不管别人说什么，只是自顾自地在本子上画画。

参加大赛需要三人一组，如果有千东海的话，估计没有人会参加这个小组了。

"老师，您太难为我了。我想要进入小学科学社团，这您是知道的。在这次大赛中获奖就有加分了呀。"

"是啊，老师也没有阻止你获奖啊。跟东海一起参赛不就可以了嘛。"

"那，那……"

"看起来东海还没有适应这里的校园生活，组队时只剩下他就不太好了。帮助同学也是班长的职责所在，不是吗？"

这烦人的班长身份！班级劳动时，老师有事儿使唤人时，一到棘手处，便强调班长的作用。

闵书妍肩膀耷拉着回了教室，看到了坐在窗边的千东海。和以往一样，千东海仍然在用铅笔画着什么。闵书妍一下子清醒过来，如果和千东海一起组团的话，剩下的一个成员至关重要，一

定要找到像样的伙伴才可以。

"智贤，这次大赛，你要不要跟我组一个团队呢？"

闵书妍向副班长智贤伸出了橄榄枝。但是一听说团队里还有千东海，智贤摇了摇头表示已经跟朋友约好了。闵书妍也问了其他同学，但是大家都拒绝了她的邀请。

上课铃响了，老师走了进来。

"大家午饭都吃好了吗？"

"是的。"吴百根洪亮的声音响彻教室。不知为何，闵书妍心中忽然冒出一种不祥的预感。

"好，我们现在就来组建团队并确定参赛主题。我们班一共二十一名同学，三人组成一组就可以了。开始吧！"

同学们迅速行动起来，互相交换位置，开始组建小组。

哎，怎么办才好呢？闵书妍回头看了一眼千东海。千东海似乎对大赛并不感兴趣，低头写着什么。

闵书妍转过头时，班主任给她使了个眼色，似乎在催促她赶快去找千东海。

闵书妍带着绝望的心情走向千东海。走近一看，千东海正在画扇贝。客观地说，千东海画得还真不错。

"千东海。"闵书妍叫了一声，千东海缓缓抬起了头，"你也得组队呀！"

千东海环顾四周后说："你要跟我组队吗？随你便吧。"

千东海似乎对一切都不感兴趣，低头继续画画。

闵书妍摸了摸额头，压力使头脑发热。

"好了，现在请组好队的各组队员商量一下参赛主题。还没有组好队的同学，请举手。"

"啊？难道都已经组好队了？"闵书妍慌张地看向朋友们。

吴百根笑嘻嘻地举起手。老师抿嘴笑了一下说："百根进入书妍的团队就可以了。"

该死的第六感！闵书妍的第六感总是很准。她抬起头，看见吴百根朝自己和千东海连连挥动他那熊掌般厚实的双手。

"真不知道他为什么高兴成那个样子。"闵书妍撇了撇嘴。

于是，闵书妍与吴百根、千东海三人成为一队。闵书妍的心情跌入谷底，她看不到希望，感觉未来黯淡无光。但是转念一想，只有自己振作起来才能够带领团队奋勇向前，便勉强提起了精神说："伙伴们，不管你们喜不喜欢，现在我们已经是一个团队了。让我们全力以赴吧。"

"班长大人，您随便做，我无条件赞成。千东海，按照班长说的，咱们一起尽最大努力试试看吧。"吴百根乐呵呵地说着，千东海点了点头。

不知不觉间，只剩十分钟就要下课了。

"今天之内确定参赛主题看来有点困难，明天是星期六，我们先去附近的海洋博物馆看看吧，说不定会有好的灵感。"闵书妍刚说完，吴百根便鼓起掌来。

"班长，我肯定无条件赞成啊。"吴百根说。

"东海，你呢？"闵书妍转向千东海。

千东海只是点点头。毕竟从前生活在海边，对于去海洋博物馆这件事儿，他一点儿也不反感。

星期六上午，科学博物馆前早早就聚集了排队买票的人群。闵书妍为了节省购票时间，提前买好了票。一听说不用排队，吴百根欢呼道："班长万岁！"

闵书妍还预约了博物馆的讲解服务。

"我跟讲解员约定在大厅见面，他在哪里呢？"闵书妍四下里找起来。

这时，一个男青年穿过大厅向三人走来。三人仔细打量起他来。作为一名讲解员，他的穿着实在有点夸张，衣服、鞋子、帽子和眼镜等都是黄色的。他的胸前挂着一块徽章，也闪烁着金黄色的光芒。

"你们就是预约博物馆解说的孩子吗？"男青年问道。

"是的，我是闵书妍，他们是吴百根和千东海。"

　　三个人都鞠躬问候。通体黄色的男人把手放在嘴边干咳了两下，说："咳咳，我是海洋博物馆的解说员黄太星。我对物理学、生物学、地质学、化学、天文学等知识，虽然没有全部通晓，但是都有着浓厚的兴趣。兴趣是最好的老师……"

　　呃，万万没想到！黄太星的自我介绍太冗长啦，大家正在想如何让黄太星的发言结束。吴百根终于找到一个问题："您的名字是为了配合今天的穿着吗？"

　　"名叫黄太星，衣着当然是黄色的。不对不对，我正在讲解什么来着？……世界上的海洋分为四大洋，分别是太平洋、大西洋、印度洋、北冰洋……"

　　吴百根再次打断了黄太星的发言："您胸前的金色徽章是什么啊？那个字母Q真酷啊。"

　　"这是在危急时刻能发出神秘力量的传说中的……停！我不是正在说明吗？不可以随意打断我的话哦。我刚才说到哪里来着？"黄太星意识到自己又被弄糊涂了，一时不知该如何说下去。

　　这时，闵书妍抓住时机说："老师，听说我们博物馆的特色是VR全景体验。先体验，之后再听您讲解，这样的话，我想大家会有更深的感触。"

　　"哇哦！这里有VR体验馆。老师，我们快点去吧，求您

了！"吴百根可怜巴巴地央求着。站在一旁的千东海，也用恳切的眼神望着黄太星。

"嗯，是这样的。海洋VR体验是我们博物馆最值得骄傲的特色项目。好吧，那就跟我来吧。"黄太星看起来也很兴奋，他爽快地带领大家来到了VR体验馆。体验馆的正中央，摆放着一个只有在游乐场才能见到的、造型别致的潜水艇模样的东西。

"好了，大家都坐上去。坐好后，戴上前方的VR头盔。"

"哇哦！"吴百根兴奋地喊着，身手敏捷地最先登上了潜水艇。紧接着闵书妍和千东海也坐好了，戴上VR头盔。

"今天我们要乘坐这艘潜水艇去海洋最深处——马里亚纳海沟。马里亚纳海沟位于北太平洋西部马里亚纳群岛以东，平均水深8000米，最深的斐查兹海渊水深超过10000米……"

黄太星令人抓狂的长篇大论又开始了。闵书妍戳了一下吴百根的背，他高高举起握紧的拳头，大声高呼："向马里亚纳海沟出发！"

"你这家伙。"黄太星看了一眼吴百根，"好！没有比亲眼见证更让人感到兴奋的了。"

黄太星在潜水艇的前方座位坐下后，戴上头盔，按下了红色启动键。随后，漆黑一片的世界逐渐变得开阔明亮。首先映入眼帘的是一艘潜水艇漂浮在海面上的画面，不一会儿又变成

在潜水艇内观察艇外事物的场景，潜水艇正缓缓下沉，仿佛要去探索海底世界。

"哇，这可不是闹着玩的啊！"闵书妍不由得发出感叹。

当潜水艇潜入深海，光线变得黯淡起来，四周响起阴森森的声音，突然看到鮟鱇鱼张着血盆大口出现在眼前，仿佛要吃掉潜水艇一样。

"啊！好害怕呀！"闵书妍担忧起来。

鮟鱇鱼咬着潜水艇来回摇晃，孩子们的座椅也跟着一起晃动。由于颠簸得太过猛烈，大家的身体不由自主地左右倾斜，不时撞到座位边缘。

"哇，这个虚拟体验过于逼真了吧？"闵书妍感到奇怪，于是摘下了头盔。奇怪！原本立在体验室一侧的长筒麦克风怎么倒在地上了呢？不仅是潜水艇，整个建筑好像都在摇晃。

"地震来了！"闵书妍惊恐地大喊着，摘下了吴百根和千东海的头盔。

"为什么啊？怎么了？"吴百根问道。

闵书妍用手指了指天花板，说："这个颠簸不是假象，是真的发生了地震，你看头顶。"

吊在天花板上的照明灯好像马上要掉下来一样，大幅度地晃动着。

黄太星还不知道目前的状况，依然戴着头盔开心地尖叫。

"老师，发生地震了！"

黄太星完全听不到闵书妍与吴百根的喊声。话音刚落，千东海突然起身摘掉了黄太星的头盔。

"视频还没有结束，为什么要摘掉设备？"黄太星一脸茫然地问道。

"老师，真的地震了！真的！"

黄太星朝着孩子们所指的方向看向天花板。就在这时，沉

重的照明设备开始往下掉。设备正下方，正是黄太星和吴百根的座位。

千东海大叫道："百根，老师，你们赶紧躲开！"

哐当！还来不及反应，照明设备已经一股脑儿掉了下来。黄太星用自己的身体掩护着吴百根，尾随他逃生。

"啊，救命啊！"

就在这千钧一发之际，黄太星胸前佩戴的Q徽章中射出闪耀的光芒。光线越来越亮，顿时整个房间变得通亮无比。刺眼的强光使闵书妍无法睁开双眼，此刻耳边传来了奇妙的声音：

去深广的海洋吧！

去体验神奇的海洋世界吧！

让大家融为一体吧！

传说中的
鹦鹉螺号

"扑通！"

黄太星四人从空中落下，一头栽进水里。闵书妍本能地划动手脚游出水面，她环顾四周，只见茫茫大海，货真价实的大海。她一时精神恍惚，不知这到底是怎么一回事。

"救命呀！救命啊……"黄太星挥动长长的四肢拼命地挣扎着。啊，他竟然不会游泳？！

"书妍，原来你会游泳啊。"不远处的海面上，千东海拖着吴百根缓缓地游向闵书妍。

闵书妍第一次听到千东海主动与自己说话，一时语塞，不知道如何回应，只是怔怔地望着他。还没等闵书妍反应过来，千东海接着说："百根现在晕过去了，你抓住他后面的衣领，使他浮在水面。我先去救黄太星老师。"

"唔，我知道了。可是这里除了一望无际的大海，什么也没有啊。"

"那边，看到那块黑色的岩石了吗？姑且先去那里再说。"听到闵书妍的话，千东海用手指向了后方。

闵书妍顺着千东海指的方向望去，果然有一块黑色的岩石。幸好海面上风平浪静，可以很容易地漂浮在水面上。但是咸咸的海水不断涌进嘴里，实在让人难以忍受。千东海快速游向黄太星沉入的海域，敏捷地潜入水里，不一会儿双手环抱托

起黄太星的身体，让他仰面漂浮在水面上。

"黄太星老师，放松点儿。"

"救救我！"

千东海拖拽着黄太星游向岩石。他先将黄太星送上岩石，然后转过身游向闵书妍，一起将浮在水里的吴百根拉上岩石。

黄太星因为呛水的缘故，不断地咳嗽和呕吐。

"咳咳咳！你救了我的命……谢谢你啊！你是千东海，对吗？你游得怎么那么好？"

"东海原来在海边生活。老师，为什么我们会突然掉进海里呢？这是虚拟世界吗？"闵书妍代替气喘吁吁的千东海回答黄太星，之后又问了几个问题，等待着他的解释。

黄太星环顾了一下四周说："是……是吧，我也不清楚是怎么一回事儿。大家都没事吧？"

黄太星忽然注意到仰面朝天躺在地上的吴百根。

"百根是怎么回事？"

"好像晕了过去。"

"晕了？呛水了的话会很危险啊。"黄太星嘟囔道。

就在这时，吴百根"吭"的一声吐出一口水，紧接着呼噜呼噜地发出响亮的鼾声。在这种危急时刻，他还能安然入睡，大家不禁咋舌。

闵书妍回忆起黄太星的徽章闪耀的时刻，当时就像漫画里时间机器启动的场景一样，世界刹那间变得天旋地转。照明设备因地震掉落的瞬间，VR影像中的大海泛起了汹涌澎湃的海浪。海面上卷起了漩涡，并不断加速旋转，波及的范围越来越大，四个人被它的强大吸力吞噬。与此同时，有一个声音响彻天际。

"老师，刚才发生地震时徽章发出了闪耀的光芒，还听到了一个像回声一样的神秘声音。"

"这个徽章是博物馆里代代相传的神秘物品。听说它可以像时间机器一样穿越时空。但是我一直半信半疑，没想到竟然是事实。"黄太星看了看胸前佩戴的徽章。

"哎哟，主人连这个都不知道吗？"

"我收到这个东西也没有多长时间。"听了闵书妍的话，黄太星露出了尴尬的表情。

"那么神秘的声音又是什么呢？好像是说让我们融为一体……"

"老师，书妍，这里并不是岩石岛。"在石头上转悠的千东海，突然插嘴道。

无缘无故掉进大海已经很荒唐了，竟然说现在站的地方不是岩石岛。闵书妍瞪了千东海一眼，说："不是岩石岛，难不成是一头沉睡的鲸鱼吗？"

千东海瞟了一眼闵书妍，接着用拳头重重地砸在"石头"上。"咚咚——"像是空心的金属盒发出来的声响。

"如果是一块岩石，应该不会发出这种声音吧。"

"那看来这是用钢铁制造的怪物咯。"闵书妍轻蔑地回应，千东海则闭口不言。

看着两人的黄太星，将胳膊搭在了千东海的肩膀上问："东海同学，你发现了什么是吗？"

"这个好像是铁做的，周围布满了圆形的凸起物，好像是将铁板用螺丝钉固定后组装起来的。"

听了东海的说明，黄太星摸着"石头"表面寻找隆起的地方。果然是铁板和圆形螺丝钉。

"原来如此。我想我知道这是什么了。这应该是潜水艇。"

"潜水艇吗？"

"是的。仔细观察的话，它是一个长长的梭状物体，很像潜水艇。如果这是潜水艇，应该有人在操控它。"

"是真的潜水艇吗？那我们得救了。"

静静地听着二人对话的闵书妍猛地抬起头，一下子站了起来，砰砰地直跺脚。

"有人吗？救救我们吧。我们站在潜水艇上面啊！"

"书妍同学，你冷静一下。说不定这是一艘废弃的潜水艇

呢。"千东海劝道。

闵书妍不管不顾地继续跺脚。这时，脚下突然发出了"嗡嗡"的机器轰鸣声。

"不······不会就这么潜入海里吧。"闵书妍着急了，"老师，您不要只是看着，请过来帮帮忙。东海，你也是。"

三个人使出了浑身力气，可是把手仍然纹丝不动。

"门如果是从里面锁上了，那肯定是打不开的。"

"那就是说有人在里面锁上了。"闵书妍又开始跺起脚来，"有人在吗？这上面有人啊！快开门啊！"

"书妍同学，你冷静冷静。如果有坏人怎么办？"黄太星好言劝说。

"那您打算就这么坐以待毙吗？"闵书妍完全听不进去，还怼了他一句。

就在此时，"哐当"一声，舱内传出用力打开门栓的声音。三人默默地向后退了几步。

"吱嘎——"门把手开始转动，圆形舱门缓缓打开，一个黄头发的人猛地探出头来。紧接着，蓝眼睛的健壮男子被挤了出来。之后，人一个接一个从舱口冒出，一共出来了八个人。

黄太星用英语跟他们打招呼："Hello, nice to meet you.（你好，很高兴见到你）"

　　他们似乎没听懂，互相歪着头交谈过后，架着黄太星、千东海和闵书妍的胳膊，粗暴地将三人拖进了潜水艇。还在睡觉的吴百根，也被他们抬了进去。突如其来的状况，让四人感到手足无措，但是又无力反抗。

　　舱门一关，四周陷入了一片漆黑中。黄太星的脚似乎触碰到了铁梯的台阶。

　　"Can you speak English?（你会说英语吗）"

　　黄太星还在试图沟通，他那无助的询问声响彻黑暗。走下楼梯后，他们把黄太星一行人塞进了一个房间。接着一声巨响，沉重的铁门被关上了。这里什么也看不见，海水的咸味和霉味混杂在一起，浑浊的空气让人心情不悦。

　　过了一段时间，众人渐渐适应了黑暗，隐隐约约看到了周围的情况。

　　闵书妍定了定神，起身开始敲门，一边敲一边喊："为什么把我们囚禁起来？求你们放过我们吧。"

　　闵书妍满是哭腔的呐喊，没有得到任何回应。

　　"书妍同学，不要做无谓的事了。坐下来休息一下吧。"黄太星说。

　　"你们就打算这么待着吗？老师您想想办法呀。"

　　"想什么？怎么想？我们首先得知道这是什么地方啊。"

"为什么我们会来到这里？以后会怎么样？请您叫人帮帮忙啊。"

"这里是潜水艇，刚刚你敲了半天门也无人应答，我叫就会有人来吗？"

"哎哟！老师您真是稳如泰山啊。"

"总之，我们暂时不会被海水淹死了。不是吗？"

听到黄太星的反问，闵书妍意识到了什么，无奈地摇摇头。

"但是会饿死吧。"闵书妍突然想到这个关键点。

"不会的。怎么可能把我们一直囚禁起来呢？"

就在这时，躺在房间一侧睡觉的吴百根好像突然想起什么似的，一下子站了起来。

"我的包，我的调料包！"

闵书妍看着吴百根，指了指他腰间挂着的小包。

"你包里装的是什么？"黄太星问。

吴百根打开包仔细查看一番后，长长地舒了一口气："还好都在啊，我的美味调料包们。"

"哎哟，现在这种生死攸关的时刻，你竟然还在关心那些调料？"闵书妍揶揄道。

"为什么要死？话说回来，这里是哪里啊？"这时，吴百根才四下张望起来。

"我不晓得。你问黄太星老师吧。"闵书妍一手扶着额头，走到角落里坐下来。

还没等吴百根开口，黄太星就娓娓道来："刚才在海洋博物馆发生了地震。多亏了徽章的力量，我们才化险为夷。但是定睛一看，我们竟然落进了茫茫大海之中。幸运的是东海擅长游泳，还有潜水艇浮出水面的缘故，我们才免于遇难。但是，蓝眼睛的外国人冒了出来，把我们关押在这里。这也许是不幸中的万幸吧。"

"潜水艇？真酷啊。这么说来，我们的冒险之旅已经开始了吗？"

谁听了都觉得事态严重，但是天生乐观的吴百根眼中却充满了对未知世界的好奇与渴望。

"现在期待还为时尚早。我们被囚禁在这里，不是吗？"黄太星耷拉着肩膀说。

"咕噜咕噜——"吴百根肚子里的小闹钟竟然不合时宜地响了起来。他揉了揉自己那圆鼓鼓的肚子说："呵呵，应该会给食物吧？"

"嗯，会给的，稍等一会儿啊。"闵书妍一脸嘲讽。

在海里拼命挣扎甚至晕厥，吴百根消耗了大量体力，现在肚子饿也是正常的。不仅是他，大家也都饿了。

"有人吗？我们饿了，请给我们食物！"吴百根起身敲打起来，金属墙壁被敲得咚咚作响。

"老师，潜水艇不是用钢铁制造的吗？铁会沉入水里，但是潜水艇为什么会在海里上下浮沉呢？"

由于没有力气，黄太星侧身躺着。吴百根的提问显然让他很兴奋，他一下子盘腿坐了起来。

"是因为水的浮力。好，我来告诉你。你离我近一些。"

前路迷茫、生死难料的情况下，竟然还有心情开科学讲座！闵书妍用双手紧紧捂住了耳朵。

一旁，千东海只是默默坐着，对黄太星的讲解似乎没有多大的兴趣。

黄太星兴奋地问吴百根："百根，你知道什么是引力吗？"

"引力是地球对物体产生的吸引力。"

"地心引力将船只向下拉，但是船为什么会浮在水面上而不下沉呢？那是因为水会对船产生持续向上的力量，这种力量大于船本身的重力，所以船可以漂浮在水面上。水对物体产生的竖直向上的作用力，叫作'浮力'。"

"水的垂直向上的作用力就是浮力。"吴百根总结了一下刚才的话。

黄太星打了一个响指。

"是这样的。那么浮力的大小是多少呢？浸在液体里的物体受到的浮力，大小等于物体排开的液体的重力。"

"老师，这个太难了。"吴百根晃了晃脑袋表示没听懂。

"那我就简单点儿解释给你听。一般情况下，每立方米的水的浮力是100千克，而相同体积的木块的浮力是800千克。木块比水轻，所以能够浮在水面上。"

"啊，物体的重量比水轻就会悬浮在水面上，是吗？"

"是的。那么钢铁制的轮船为什么会浮在水面上呢？"

"嗯，这个我真不清楚了。按理说，再小块的钢铁都会很重的……"

闵书妍抱膝而坐，始终把头埋进膝盖里，但是她从一开始就在听，郁闷之余猛地抬起了头，插嘴道："哎哟，就像饭碗一样，把里面的东西掏空不就行了嘛。"

黄太星与吴百根回头看向她。闵书妍于是起身，走近他们坐下。

"若100吨的轮船会受到100吨的浮力，那么，用90吨的钢铁制造轮船，轮船的十分之一就可以浮在水面上。"

"你蛮聪明的嘛。"黄太星夸奖道。

"呵呵，她是我们的班长，是最聪明的人，虽然性格很刻薄。"吴百根话音刚落，闵书妍就举起拳头在他面前晃了晃。

"老师，您说这里会是哪里呢？"闵书妍又把话题拉回了现实。

"是啊，刚才那些都是外国人，他们的穿着很像旧电影里的人物。"吴百根插了一句。

"难道是海盗吗？"

"海盗都乘坐船舶，怎么可能操纵潜水艇？"闵书妍数落吴百根。

这时，一直沉默的千东海开口说："这是传说中的潜水艇——鹦鹉螺号。"

闵书妍看向千东海，问道："什么？鹦鹉螺号？"

"是的，凡尔纳的小说《海底两万里》中出现的潜水艇——鹦鹉螺号。"

"真是胡说八道！"

"要不然在海洋博物馆的我们怎会瞬间移动到海面上？这个你怎么解释？"

"那，那个……"闵书妍被问得哑口无言。

吴百根却大叫了起来："哇啊，竟然穿越到小说里面，真是好意外啊。东海，按照小说的故事情节发展，我们以后会怎么样呢？"

"很快就会出现这个潜水艇的主人尼摩船长。根据小说的人物设定，他应该不是坏人。只要服从他的命令，就不会要我们性命。"

这时，外面传来了沉重的脚步声。不一会儿，随着"吱嘎"一声，门被打开了。开门的瞬间，一股强光照射进来。光线太过刺眼，以至于无法看清来人的面目，但是隐约能看出站在门口的是一个身材健硕的男子。随着房门关闭，一声开关响后，屋内顿时灯火通明。男子的身后，还站着两个强壮的男人，都留着粗犷的胡须，眼神犀利地盯着黄太星一行人。孩子们被吓得躲到黄太星的身后。

面前的这个男人身材魁梧，肩膀宽厚。浓眉之下，那深邃的目光显得格外炯炯有神，带着一种傲视群雄的威严与气势。胡须下面，厚实的双唇紧紧闭着，似乎从不开口说话。精致的帽子、高档的靴子以及笔挺的西装，把这个男人衬托得更加威风凛凛。毫无疑问，这个人就是这艘潜水艇的船长了。他用似乎能穿透灵魂的目光，冷冷地注视着黄太星他们。

闵书妍向黄太星投去了催促的目光。黄太星不情愿地扭捏着向前迈了一步，但是被船长的气势所震慑，迟迟不敢说话。

"Thank you for saving us.（感谢您救了我们）"

沉默许久的船长终于张开厚实的嘴唇说话了，他的声音传了过来："我会说朝鲜语。"

听到船长嘴里出乎意料地冒出熟悉的语言，大家惊讶不已。

船长再一次缓慢而又清晰地说："我除了会朝鲜语，还会英语、法语、德语、日语和汉语。"

"啊，是这样啊。那真是太好了，谢谢您救了我们。"黄太星战战兢兢地表达了感谢。

"十年来，鹦鹉螺号第一次有外人进入。巴黎自然博物馆教授阿罗纳克斯和他的仆人康赛尔，鱼叉手尼·德兰，曾经也来过这里。"船长看向远方，似乎回忆起过去。

"请把我们带回朝鲜半岛。"

闵书妍唐突地发言，使船长的目光聚焦到了她身上。

"现在你们无法回去，这里可是北马里亚纳群岛附近。"

如果这里是北马里亚纳群岛的话，那就是有关岛和塞班岛的地方，坐飞机也要五个多小时才能到达韩国。

"那么，请您调转方向驶向朝鲜半岛吧。我们可是未成年人，您需要担负起作为成年人的义务！"闵书妍那紧张颤抖的声音，听起来格外刺耳。

莽撞的发言使船长心情不悦，他的眼睛里冒出了火花。他怒道："我不遵循你们世界的规则。在这里，我的话就是规则，不要在我面前提起你们社会的事情！"

闵书妍还要说话，千东海急忙捂住了她的嘴。

船长用坚定的声音向黄太星发出命令："在这里，我才是法律和正义！不想被丢进海里喂鲨鱼的话，你们就要遵守鹦鹉螺号的规则。你要教会这些孩子认清现实。"

船长表情冷酷地说完，便与身后的手下一同走出了房间。沉重的铁门被重重地关上了，灯也灭了，房间再一次陷入一片漆黑中。

闵书妍甩开捂住自己嘴巴的手，说："把手拿开！"

"你什么意思？你想让大家都陷入危险之中吗？"千东海生气地质问。

"我只是陈述了天经地义的权利而已。"

"谁不知道吗？你以为自己很了不起是吗？你从不把别人放在眼里，只知道按照自己的想法和标准行事。"

闵书妍狠狠地盯着千东海，眼睛里"啪嚓"一下冒出了火花，吼道："那你很了不起吗？你不是独行侠吗？整天只知道画画，难怪交不到朋友。"

"用所谓'鱼腥味'来取笑他人的家伙，算是哪门子朋友？我一个人反而更好。"这次千东海的声音格外响亮。

"算了吧，朋友之间吵什么架啊？"眼见火药味越来越足，吴百根从二人中间挤了出来。

吴百根的话音未落，闵书妍和千东海异口同声地喊道：

"谁跟他（她）是朋友啊！"

"好的好的，知道啦。大家先冷静一下。"吴百根努力劝说二人，总算归于平静了。闵书妍猛地转过头去，走到房间一角，面朝墙坐了下来。

"东海啊，我们一起捋一捋。你刚才说的小说叫什么来着？"这时，黄太星走了过来，手臂搭在千东海肩上，"同学们，我们坐下来好好梳理一下，书妍同学也过来吧。"

闵书妍默不作声，只是把脸埋在膝盖间。

"好吧，实在不愿意的话，就在那里听吧。东海，我们目前的状况与你所说的小说《海底两万里》是一样的吗？"

"刚才那个男人，无论是穿着还是性格都符合小说里的人物角色，就是《海底两万里》中鹦鹉螺号的尼摩船长。"千东海平静地说着。

"好的。虽然我没有读过，但听说该小说是关于乘坐潜水艇环游世界，其间经历许多惊险奇遇的冒险故事。"

"没错。但不是漫无目的地到处游荡。我可能说得不太准确，据我了解，尼摩船长原本是殖民统治时期一个殖民地的王子，他在反抗殖民统治的斗争中失去了亲人。他憎恨欧洲侵略者的压迫与奴役，于是打造了鹦鹉螺号，选择归隐大海。他还将鹦鹉螺号作为武器，展开他的复仇计划。"

"我们国家也曾是日本的殖民地。听你这么一说，多少能够理解尼摩船长了。"

"只要好好听话，估计就没什么大问题。我反倒觉得，这是个千载难逢的好机会。乘坐潜水艇去全世界的海底探险，这不是任何人都能经历的。"

"呵呵，名字叫'东海'，果然名不虚传。你是真喜欢大海啊。"黄太星突然拍了下手，梳理起目前的状况，"虽然不知道什么原因，但是我们现在已经在小说《海底两万里》的故事里了。即使东海读过这本书，了解里面的内容，今后如何发展也仍然是个未知数。无论如何，我们都要先听从船长的命令，之后再慢慢寻找逃跑的机会。"

千东海与吴百根点了点头。

黄太星回头看了闵书妍一眼，说："书妍同学，你也听到了吧？不要惹怒船长。这可是19世纪60年代啊。你要记住，这里与我们的时代截然不同，对于法律和人权的认识与理解也不一样。"

用钢铁铸造的潜水艇为何能浮在水面?

让我们来了解一下潜水艇所受到的各方力量吧!

地球中心的引力会把潜水艇拽入海底。

当向上推动的浮力大于向下拉动的重力,潜水艇会浮在海面。

重力? 浮力? 它们是什么? 是吃的吗?

1.重力

任何物体之间都有相互吸引力,物体之间相互作用的力量,被称为"万有引力"。重力是万有引力和地球自转产生的惯性离心力共同作用的合力。物体受重力大小的度量,叫作"重量",单位是"千克力"或"牛顿(N)"。

地心引力将船向下拉,可是船却能浮在水面上,为什么呢?那是因为水会对船产生持续向上的力量(浮力),当这种力量大于船本身的重力时,船就可以漂浮在水面上了。

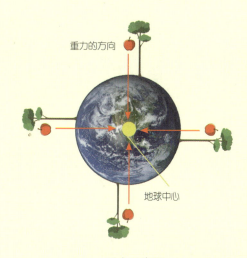

重力的方向

地球中心

重力示意图

2.浮力

浸在液体或气体中的物体受到液体或气体对其垂直向上的力，这个力叫作"浮力"。浮力大，物体就会浮在水里或空中。为了便于理解浮力，我们要了解密度。物体在单位体积下的质量，称之为"密度"。每个物体因为质量不同，所以密度不同，在液体或空气中受到的浮力也不一样。水的密度是1g/cm³。物体的密度小于水的密度则物体上浮，物体的密度大于水的密度则物体下沉。

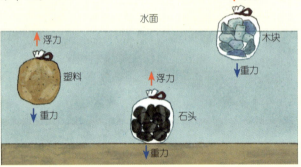

浮力与重力

质量的单位

因为质量是物体所具有的惯性大小的量度，所以需要保证物理量测量的统一。1878年，国际米制委员会研究决定，按照法国"档案千克原器"的质量，定制3个铂铱合金的圆柱体砝码，其中一个最终被确定为"国际千克原器"，从此被公约成员国作为质量基准。为了保证千克原器的准确度，它被密封在三个嵌套的玻璃钟形罩内。尽管它被存放在一个高度受控的环境中，但是它的重量依然会发生非常微小的变化。为了解决这个问题，世界各地的科学家花了数十年的时间来讨论如何根据自然、普适的常数去定义千克，最终重新对千克进行了定义。2019年5月20日起，用普朗克常数定义质量的单位——千克，以代替工作了一百多年的国际千克原器。

国际千克原器

3.船的漂浮

　　大家试想一个立方体。假设这个立方体是实心的，称重为100千克，那么它在水里时会受到100千克的浮力。用铁制作一个同样大的空心立方体，只要它的重量不超过100千克，就会浮在水面上。铁本身很重，铁船之所以不会下沉，是因为船体是中空的，受到的浮力大于船体的重量。

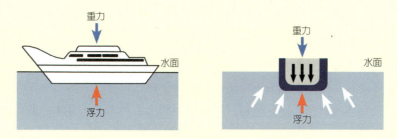

船的受力示意图

4.潜水艇的沉浮

　　潜水艇上有类似于鱼鳔的舱体，即蓄水仓。向蓄水仓注水，可增加潜水艇整体的密度，当潜水艇的密度超过水的密度时，潜水艇就能下沉；反之，排空蓄水仓里面的水，潜水艇的密度就会小于水的密度，从而实现上浮。

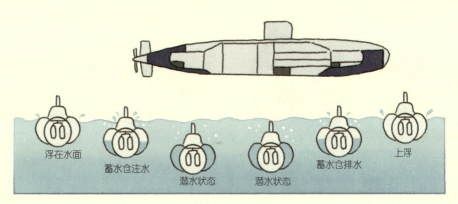

潜水艇的下沉与上浮

重量与质量的差别

　　人们经常问："你的体重是多少千克？"其实这不是正确的说法，因为质量和重量不是一回事。千克表示的不是重量，而是质量。质量是物体惯性的量度，重量则反映物体所受重力的大小。质量是一个恒量，重量则随着作用于物体身上的力的不同而发生变化。重量的单位是"千克力"或"牛顿（N）"。人们为什么会把重量与质量相提并论呢？那是因为，在地球上重量和质量是等值的。一个人的体重为60千克，那么他的质量也是60千克。但是在月球上就完全不同了。月球小于地球，月球表面的重力约是地球的六分之一。所以，如果一个60千克的人登上月球，那么他的体重会变成10千克，但是他的质量没有改变。

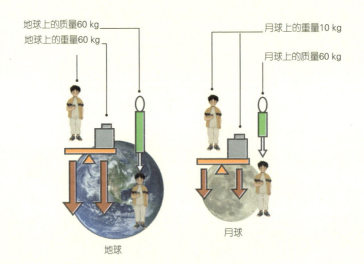

地球上的质量60 kg
地球上的重量60 kg
月球上的重量10 kg
月球上的质量60 kg
地球
月球

地球与月球上的重量和质量

叹为观止的
海洋世界

黄太星他们都静静地坐着，不知道在这个封闭的房间里待了多长时间。怒气冲冲的船长似乎不会再出现了，他的手下随时有可能把一行人扔进海里。难道就这样被遗忘在这里了吗？大家虽然没有说出来，但是每个人心里都忐忑不安。

"咕噜咕噜"，黄太星的肚子也响起了闹钟声。就像发射信号一样，一时间大家肚子里都发出了同样的动静。在这种情况下，肚子竟然还不争气地发出响声，闵书妍感到很无奈。忍无可忍的吴百根看了看闵书妍的脸色，从包里拿出了调料瓶。

"尽管只有调料，那也比没有强啊。"吴百根掀开调料盖，正要往嘴里倒的时候，门外响起了脚步声。黄太星他们猛然站了起来，快步走到门口。

房门被慢慢打开，船长站在了门前。

"怎么样？你们决定遵守鹦鹉螺号的规则了吗？"

"是的，船长。当然了。"黄太星不假思索地回答。

尼摩船长看向了闵书妍，闵书妍则极力避开他的视线。

"很好。我的名字叫尼摩，请叫我尼摩船长。请你们记住，既然坐上了鹦鹉螺号，你们就无法返回陆地了。请以荣誉起誓！"

听到这难以置信的话语，闵书妍露出不可思议的表情。她越发生气，朝着尼摩船长走了一步。但是看到黄太星恳切的眼

神，她不情愿地低下了头。

"我以我的名誉发誓。"闵书妍低声道。

"很好，欢迎成为鹦鹉螺号的一员。那么，各位做一个简单的自我介绍吧。"尼摩船长的声音稍微和缓了一些。

"我是黄太星，教孩子们科学。"黄太星先介绍自己，"当然了，我自己也对科学有着非常浓厚的兴趣。"

"那和从前的阿罗纳克斯教授很像啊。"尼摩船长露出一丝不屑。

黄太星一边观察尼摩船长的脸色，一边介绍起孩子们："他们都是我的学生。女学生叫闵书妍，胖胖的叫吴百根，还有这个是千东海。"

孩子们被点到自己名字时，每一个都点头示意。

"现在你们可以在潜水艇内自由活动了。换句话说，在潜水艇内做什么都可以。"尼摩船长的语气温柔起来。

"感谢您给予我们莫大的恩惠。"黄太星鞠了一躬。

尼摩船长上下打量了孩子们一番，随后说："为了防止感冒，你们最好去换件衣服。"

"不，不用。还是让我们先吃饭吧。孩子们饿坏了，而且饿了很长时间。"

"饭菜已经备好了，跟我的手下前往食堂尽情享用吧。"

出了房门，眼前是一条长长的走廊。从走廊的长度可以推测出，这个潜水艇非常大。黄太星一行人跟着船员进入食堂。食堂中央摆放着丰盛的食物，沁人心脾的香气和秀色可餐的菜品，简直让人垂涎欲滴。

带路的船员用手势示意可以吃了，黄太星他们便不客气地坐上餐桌，狼吞虎咽起来。

闵书妍舀了一些肉汤，"咕噜咕噜"地喝。千东海用叉子叉了块鱼排，大快朵颐。吴百根剥开手掌大小的红红的海虾，塞满了大嘴。黄太星也不顾形象了，将说不出名字的各种肉不断地塞进嘴里。

食物的味道简直太美妙了，没有一样是不好吃的。吃了好长一段时间，大家露出满足的表情，最后用香茶和甜布丁结束了这次用餐。

当然，吴百根是个例外。他把装满海鲜的碟子拉到自己面前，随后从包里拿出调料瓶，将里面的调料轻轻撒在海鲜上面。看着这样的场景，黄太星满脸疑惑地询问："看这些各种各样的瓶子，想必是不同的调料吧。"

"您说对了。老师，喜马拉雅盐、松露油、槐树蜂蜜、橄榄油、辣椒酱、辣椒面、阿拉伯胡椒、芥末、白糖、黑糖等等，我都有。"吴百根一边用牛排刀切下一大块烤鱼，一边马

不停蹄地将之送进嘴里，"这是竹盐，我在烤鱼上面撒了点竹盐尝一尝。"

"那些东西你每天都带着吗？上学也是？"

"当然了，我的梦想可是当厨师。吃东西时当然得尝试着放各种调料啦，这也算是一种烹饪实践吧。"

"百根同学对食物有着与众不同的热情啊。"黄太星一夸，吴百根的眼睛笑成了一对弯弯的月牙。

大家都吃饱喝足后，尼摩船长来到了食堂。他问："怎么样？饭菜还算可口吧？"

黄太星立刻从座位上站起来，真诚地表达了谢意："太美味了。感谢您用这样的美味佳肴款待我们。"

黄太星随即转身对孩子们说："你们也应该向尼摩船长说谢谢，他救了我们的性命，还给了我们食物。"

三人听了，站起身表示感谢。

面对尼摩船长，闵书妍仍然冷着表情。尼摩船长不满地看了她一眼，接着转向黄太星说："黄老师，如果说这些食材全部取自大海，您相信吗？"

不仅是黄太星，孩子们也惊掉了下巴。大家刚才明明吃到了鲜嫩多汁的肉啊。

"您是在开玩笑吗？我们刚才明明吃了肉啊。"

"黄老师，我不喜欢开玩笑。您刚才吃到的是海豚肉。"

"哦，海豚吗？它属脊索动物门、哺乳纲、偶蹄目。海豚像牛和猪一样是哺乳动物，所以是肉的味道。哈哈哈！"黄太星惊讶地竖起了大拇指。

尼摩船长看到黄太星的反应，兴致勃勃地介绍起其他菜品："这是用鲸鱼奶制作成的奶油。这是水果味道的海葵果酱，糖是从海藻中提炼出来的。除此之外，还可以从海里获得许多资源，如从贝壳抽出足丝做衣服。"

"厉害啊！在我们生活的时代，也会从大海中获得许多的东西，如镍、钴、铁、锰等矿物资源和可燃冰等能源，还利用海潮和海浪进行发电。"

"是吗？海洋是生命和能量的源泉，从现在开始体验真正的大海，亲眼去确认这一切吧。我相信，你们一定会对这片海洋抱有敬畏之心的。"尼摩船长用坚定的语气说。

"真的很期待。我深切感受到您对海洋的热爱。"

"海洋覆盖了约71%的地球表面，无论哪片海都充满生命和能量。地球生命始于海洋，海洋也包容着一切，但是人们却在地球上为非作歹，横抢硬夺，破坏自然，滥杀生灵。我厌恶这样的人。"尼摩船长似乎意识到自己情绪过于激动，做了个深呼吸后才恢复平静，"刚才有些失礼了。我带你们去住的地方，换上干衣服休息一下吧。然后，我带你们了解鹦鹉螺号。"

宿舍像高级酒店一样舒适，对于黄太星一行人来说，这里简直再好不过了。经过妥善保养的原木地板光亮无比，床边桌上还铺着软软的地毯，门对面立着一面镶有金框的华丽而高大的镜子。两侧墙壁各摆放着一张用紫檀木打造的双层床铺，床上铺着奶油色的床单。唯一的窗户上，还挂着白色的窗帘。

"这儿归我啦！睡上铺是我一直以来的愿望，大家见谅啊。"吴百根急忙占据了一个双层床的上铺。

"我住哪里都可以，你们先选吧。"黄太星朝着闵书妍和千东海说。

闵书妍和千东海目光对视了一下，互相都感到有些尴尬。千东海虽然也想住上铺，但却默默走向了吴百根的下铺。

"外表很冷漠，内心却不一样，不是吗？我说的是尼摩船长。大家赶快换衣服吧。真好奇潜水艇的其他地方啊。"黄太星打破了沉默。

大家迅速换好衣服后，黄太星喊道："来吧！让我们参观一下鹦鹉螺号吧。"

"我们私自行动，那个尼摩船长会不会大发雷霆啊？"闵书妍边从上铺下来边说。

"没关系吧。刚才尼摩船长不是说，我们在潜水艇里是自

由人吗？"吴百根大大咧咧地说。

大家沿着昏暗的走廊向前走。黄太星走在最前面，其他人跟在后面。走了好一阵子，面前出现了一扇门，门上写着"剧场"。大家轻轻地推开门走了进去。

"哇，这里真的不得了啊。"吴百根喊了起来。

意想不到的宽敞的房间里摆满了精美的家具和画。最吸引人的是一扇巨大的圆形舷窗，窗户几乎占据了一整面墙壁。三个巨大的窗户连接在一起，透过窗户，斑斓的深海美景一览无余。就像房间的名字一样，这里确实是剧场。有所不同的是，这里没人演戏，也不是放电影，而是真真切切的大海实景。

黄太星他们聚精会神地看着舷窗外的景象。

海水如星河般璀璨发光，原来是阳光穿透了清澈的海水照了进来。到处都是五彩斑斓的珊瑚和海草，巨型水母在缓缓浮动。各种各样的鱼成群结队游动的样子，仿佛是空中闪现的绝美彩虹。鱼群时而聚集，时而散开，不断地循环往复。一条鲨鱼在慢慢靠近。

吴百根指着鲨鱼问："老师，这个鲨鱼长得好特别啊。"

"这是锤头鲨，脊索动物门、软骨鱼纲、真鲨目、双髻鲨科，它们广泛分布于热带海域，体长最长可达3.5米左右。"

闵书妍去过很多地方的水族馆，但是这样的景象还是第一次看到，世界上任何一个水族馆也不能与之媲美。眼前大海的生动场景美轮美奂，恍如仙境。看到这些，仿佛一切烦恼都烟消云散了。

"黄太星老师，世上有那么大的水母吗？"闵书妍指着一只巨大的橙色水母问道。

"它属于腔肠动物门、钵水母纲、根口水母目。伞状体直径可以超过1米，重量超过200千克。这些水母往往会使渔业遭受重创。"

"这么漂亮的生物也会带来危害吗？"

"外表美丽、看起来温驯并不代表没有危险。水母的触手上有毒针，千万要小心。"

这时鱼群突然快速游动起来。一条样子像飞船的鱼，从远处的岩石后面缓缓靠近。这条鱼简直大得超乎想象。千东海指着鱼喊了起来："老师，是翻车鱼！"

一般来说，鱼是流线型的，但是翻车鱼呈扁平状，尾巴像被剪断了一样又粗又短。虽然它的眼睛和嘴都小小的，看起来很可爱，但是体型却惊人的庞大。

"翻车鱼属于硬骨鱼纲、鲀形目、翻车鲀科，体重可以超过2吨。能这么近距离看到翻车鱼，简直太不可思议了！"

各种各样海洋生物在鹦鹉螺号周围漫游。它们似乎知道鹦

鹦螺号没有危险，所以才自由自在地嬉戏游玩。

四人深深陶醉在这不同寻常的景象里。这比任何电影都有趣，真让人兴趣盎然、无法自拔。

千东海开始介绍起各种海底生物："这个是《海底总动员》中的小丑鱼。"

"它属于脊索动物门、辐鳍鱼纲、鲈形目、雀鲷科。"

千东海每叫出一种鱼的名字，黄太星就说出它的生物类别，吴百根则时不时插嘴询问能不能吃。

不知何时，尼摩船长站在几人的后面，抱着胳膊注视着这一切。虽然表情依旧严肃，但是看着鹦鹉螺号的客人们如此开心，他似乎也感觉很自豪。

尼摩船长放下手臂慢慢走近，跟大家一起欣赏海底世界。

"黄太星老师，大海让人迷恋得无法自拔吧。"

黄太星一副惊魂未定的样子，拍了拍手说："太了不起了！能来到鹦鹉螺号，是我莫大的荣幸。"

"以后还会看到更壮观的场景。"

"哇噢！真让人期待啊。"正在此时，舷窗外游过了一群乌贼，黄太星不自觉地说起分类体系，"软体动物门、头足纲、十腕目、乌贼科。它拥有10条腕足，腕足的大小各不相同。"

"把切好的鱿鱼用热油炒熟后，放入红红的辣椒面拌匀，

这便是最经典的辣炒鱿鱼了。"吴百根咂了咂嘴。

"你这么一说，还真挺想吃炒鱿鱼的。"黄太星下意识地舔了舔嘴唇。

听到黄太星和吴百根的对话，尼摩船长问道："黄太星老师，朝鲜难道吃乌贼吗？"

"是的。朝鲜半岛历史上很早就吃乌贼的。现在我们生活的韩国吃法多样，把它弄成鱿鱼干吃、炒着吃、烤着吃、凉拌着吃……我们可是一个热爱鱿鱼的国家。"即使黄太星开着玩笑说，尼摩船长依旧面无表情。

"这与我所知道的生物分类有点不同，请详细说明一下你了解的分类系统。"《海底两万里》写于19世纪六七十年代，所以生物分类体系与现在有所不同。尼摩船长倒是挺好学的。

"好的。你们也要好好听啊。"黄太星对自己擅长的领域充满了信心。接着，他有些兴奋地提高嗓门，向尼摩船长抛出问题："尼摩船长，生物大体如何分类呢？"

"我也算是一个坚持不懈学习科学的人了。据我了解，生物分为动物、植物以及显微镜下的微生物。有运动特征，从其他生物身上获得营养的叫作动物；不能移动但通过光合作用，自己制造养分的叫作植物。原生动物是肉眼看不见的小微生物。"

"没错，您果然很厉害啊。但是尼摩船长，请您想象一下

蘑菇。您虽然离开陆地很久了，但是一定还知道蘑菇吧？您说蘑菇是动物，还是植物呢？"

对于尼摩船长来说，这个问题似乎毫无难度，他不假思索地回答："当然是植物啊。"

"尼摩船长，蘑菇可不能进行光合作用。它从朽木中吸收营养，难道这不是动物的特征吗？"

"嗯，是的。对于蘑菇和真菌的分类，我也时常困惑于它们的营养吸收方式。"尼摩船长若有所思地点了点头。

"没错。不仅如此，蘑菇和真菌的种类也是无穷无尽的。把它们独立于动植物之外的类群，是不是更合适呢？"

尼摩船长紧闭双唇，没有反驳。于是，黄太星接着说："另外，随着显微镜的功能日益强大，又发现了很多肉眼看不见的细菌，所以就有了另一个独立的领域……"

黄太星详细说明了现代将生物分为"动物界""植物界""真菌界""原生生物界"和"原核生物界"共五个界别。黄太星说完，尼摩船长复述了一遍。

"好，我们知道了生物的分界，现在就应该学习一下乌贼了。孩子们，乌贼身体上的三角形部位叫什么呢？"

吴百根猛然举手说："头吧。味道虽然不如躯干，但是也挺好吃的。"

一旁的闵书妍听到吴百根的回答，不可理喻地摇了摇头说："哎哟，吴百根，你就只知道吃是吗？我们把这个叫作耳朵，乌贼的耳朵！"

尼摩船长那厚实的嘴唇微微颤动了一下，他似乎也想加入对话。"头？耳朵？朝鲜可真奇怪啊。那是尾鳍。"尼摩船长忍不住地说。

听到是"尾鳍"，孩子们异口同声地发出嘘声。正在这时，黄太星喊了一声："对了！"然后，他看着满脸诧异的孩子们，开始了讲解："像乌贼一样身体外面包裹着柔软的外套膜的动物，我们称为'软体动物'。软体动物还会根据脚的位置而再次分类，乌贼属于'头足类'。"

书妍似乎听懂了，回答道："把脚（足）背在脑袋（头）之上，所以头上就有足了。"

"对啊，腿和躯干之间不是长着眼睛和嘴巴嘛。"吴百根吧嗒着嘴说，"把鱿鱼嘴收集起来，用黄油炒一下，真的很好吃哦。"

"百根同学，现在正在讲授生物分类，请集中注意力！我们继续讲，像蜗牛一样肚子当腿的是'腹足类'，像贝类一样脚像斧头的称之为'斧足类'。"

千东海在自己画的乌贼旁写下了"头足类"三个字。

"老师，不得不承认生物分类也很有趣嘛。"闵书妍对原本枯燥乏味的分类系统产生了新的兴趣，再次看向了窗外的乌贼群，"头上竟然有足，太可爱了吧。"

"乌贼是一种可怕的生物。你迟早会知道的。"尼摩船长用低沉的声音回应。这是他恐吓说将大家扔进海里后，第一次对闵书妍说出的话。

随后，尼摩船长又说："好了，今天的参观到此结束。我们出去吧。"

尼摩船长的话音刚落，一块厚厚的防护板从圆形舷窗的窗框上缓缓落下，海上剧场徐徐落下帷幕。

黄太星和孩子们回到宿舍躺在各自的床上，男生很快就睡着了，房间里一片寂静。

只有闵书妍一时无法入睡。她回顾今天发生的事情，感觉这一天真是漫长啊。

就在闵书妍辗转反侧之际，鹦鹉螺号正快速驶向菲律宾海域。

多种多样的生物该如何分类?

.该用什么标准来划分多达200万种的生物呢?

蘑菇是植物吧!

从朽木中获取营养的蘑菇,是植物还是动物呢?

蘑菇可不像植物那样进行光合作用。

1.生物的分类

　　自然界中已知的生物,大约有200万种。科学家们预测,地球上存在1000多万种生物。人类想要与这些生物共存,就必须对生物种类进行系统的分类,以弄清不同类群之间的关系。因此,科学家们找出生物种群之间的共同点以及差异点,制定相应的标准后,建立了生物的分类体系。

原核生物界:没有细胞核的单细胞生物

原生生物界:有细胞核的单细胞生物

真菌界:不能自主运动,从其他生物有机体获取营养的生物

植物界:不能自主运动,经由光合作用制造营养素的生物

动物界:能够自主运动,并通过捕食其他生物来吸收营养素的生物

在生物界，不能移动并经由光合作用制造营养素的生物被称为"植物"；而具有运动性，能够通过捕食其他生物来吸收营养素的生物被称为"动物"。数百年来，生物学家习惯性地把生物分为动物和植物。随着不断发现具有不同特性的生物，目前一般把生物划分为"动物""植物""真菌""原生生物""原核生物"五界。

2.蘑菇和真菌是植物还是动物呢？

长期以来，科学家们把蘑菇和真菌归为植物。但是，大家发现它们不像一般植物那样进行光合作用，而是从朽木或其他食物中获得营养素。由此可见，它们与动植物的差距甚大，可以说有着本质的区别，于是将它们单独归类为"真菌"。随着显微镜的发明和不断改进，科学家们陆续发现了许多肉眼看不见的生物，池塘、河水和腐烂的食物中都有许多细菌。其中，由单细胞或简单多细胞生物组成的真核生物，称之为"原生生物"；细胞中无成形的细胞核，只由原核细胞构成的生物称为"原核生物"。

菌盖下方的菌褶处产生孢子，进行孢子繁殖

蘑菇

3.海带是植物吗？

海带和裙带菜等在海水中会进行光合作用，因此早期人们把海带归类为植物。但是，海带细胞壁的构成与植物不同，而且它像真菌一样用孢子进行繁殖。尽管海带能进行光合作用，但是它和其他常见植物差异显著，比如植物大都有根、茎、叶，而海带并没有真正的根、茎、叶，也没有维管束。海带的根不是吸取营养的，而是为抓取在某处以固定自身的；海带的叶子的特征，也和其他植物的叶子在结构和功能上有所不同。现代生物分类学上，把海带归入原生生物界。

海带叶片上有一些孢子囊，内有孢子，靠孢子繁殖后代

海带

4. 北极熊和棕熊是同一个物种吗？

在很长一段时间里，"界"是生物科学分类法中最高的类别。把"界"内的生物再详细分类，下一级就是"门"。例如，有脊椎的鳄鱼和鱼类被称为"脊索动物门"；像乌贼和章鱼一样，身体外面包裹着柔软的外套膜的动物，被称为"软体动物门"。

生物分类层级

对生物进行分类时，最基本的单位，同时也是生物分类法中的最后一级，叫作"种"。种内个体不仅有相似的形态、生理及生态学特征，而且种内个体间可以交配繁殖。北极熊和棕熊的生物分类到"属"都是相同的，尽管两者之间还未形成完整的生殖隔离，但是它们的外形和生活习性明显不同，一直以来都被认为是不同物种。

北极熊

棕熊

马和驴杂交进行繁殖，可以生下骡子。那么，马和驴是同一个物种吗？马和驴都是"马属"，但是因为骡子不能产生后代，因此二者不是同一物种。

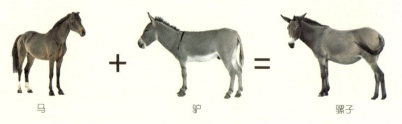

马　　　　　　驴　　　　　　骡子

马和驴杂交

都不想回去了吗？

　　一觉醒来，闵书妍感觉身体依然很疲惫。她一晚上都在做梦，梦见自己不断寻找回家的路。在鹦鹉螺号上是自由的，也有充足的食物，但内心却总感到空虚不安，不知道这种离开父母在海底漂泊的生活何时才能结束。每每想到这里，她就会感到烦闷。突然，鹦鹉螺号发出"嗡嗡嗡"的机械轰鸣声，快速驶向了海底深处。

　　闵书妍从床铺上坐起后下了床。不知大家去哪里了，四处都没见着人。见刚到这里时穿的衣服被洗得干干净净，正整整齐齐摆放在沙发上，闵书妍换了衣服，走出房间。

　　长长的楼道深处传来了黄太星的笑声。循着声音走近一看，微微开着的门缝里透出隐隐约约的光亮。闵书妍小心翼翼地推开房门走了进去，眼前的景象让她目瞪口呆。

　　这是一个在外国电影中才出现过的，既古典又美丽的房间。地上铺着纹饰华丽的波斯地毯，墙上是精美的油画，天花板上挂着昂贵的吊灯。吊灯上插着蜡烛，柔和的灯光倾泻下来，充满了整个房间。紫檀木嵌铜丝的书架上，摆满了精装书籍。书架前面摆放着一张长长的皮沙发，正适合躺在那里看书。除了挂在墙上的相框和装饰柜架子，到处陈列着从未见过的生物标本。尼摩船长为了收藏珍贵书籍、精美艺术品及难得一见的标本，竟然在鹦鹉螺号里建造了博物馆。看到这一切，

谁会认为这里是潜水艇呢？

黄太星和尼摩船长二人相谈甚欢。看到如此多的珍贵海洋生物标本，黄太星啧啧赞叹。

"哇，您的博物馆比我工作的海洋博物馆还要厉害。从印度洋的槌蛎、洁白的贝壳、黄绿色的马蹄螺，再到新西兰的角螺。这里简直太棒了。"

虽然尼摩船长缄口不语，但是听到黄太星观看收藏品后发出的感叹，不由得露出很自豪的表情。

"黄太星老师，还有更好的呢！跟我来，我要给你看我的珍宝。"尼摩船长掩饰不住内心的自豪。

闵书妍跟着二人走进一个另行规划的独立空间，墙上挂着更加华丽的相框，展台上可以看到价值连城的珍宝。黄太星像孩子一样手舞足蹈，难掩喜悦的心情，竟喊了起来："哦！美丽的珍珠。原来是珍珠啊。绿色珍珠、黄色珍珠，这是黑珍珠。"

"这些都是波斯天然珍珠。"

"我的天啊！由于海洋污染，波斯天然珍珠早就绝种了。我竟然能亲眼见到这么珍贵的东西。"

"绝种……真可惜。老师您知道珍珠是如何生出来的吗？"

面对尼摩船长的提问，黄太星的眼神再次闪闪发光。

"当然知道了。贝类为了防止异物入侵会分泌碳酸钙。因

为这些碳酸钙堆积的缘故，形成了坚硬的珍珠。"

"那么你们国家已经掌握人工养殖珍珠的方法了吧？"

"是的。"

"但是你肯定没见过这种。来，请看这里。"

船长小心翼翼地从珍珠陈列柜的中间拿出一个沉甸甸的盒子放在桌子上，轻轻地打开了盖子。那里有一颗鸡蛋大小的黑珍珠，散发着耀眼温润的光芒。

"嗬！黑珍珠本身就很珍贵，从来没见过竟然还有这么大的黑珍珠。"

"这是我在直径约1米的蚌里养出来的。"

黄太星双眼圆睁，惊讶地看着尼摩船长，说："船长，您才是科学家啊。我仰慕您，船长。"

鹦鹉螺号对于黄太星这样的海洋生物专家来说，无疑是一座难得的宝库。闵书妍不安地注视着被尼摩船长迷住的黄太星，心想："或许他已经没有回家的心思了。"每当黄太星看到尼摩船长的收藏品竖起大拇指时，闵书妍就会感到越来越不安。

过了好一会儿，黄太星才发现站在门口的闵书妍，跟她打了招呼："书妍同学，睡得还好吗？你什么时候开始在那里的？看看这个。这颗黑珍珠非常珍贵，比法国旅行家达威尼埃以300万法郎卖给波斯国王的还大。过来看看。"

"不，不用了。其他人在哪里？"闵书妍故意装出一副漫不经心的表情道。

"百根同学说要学做饭，就去了厨房；东海同学说想再看看海洋生物，又去了剧场。"黄太星的目光很快又回到了尼摩船长的收藏品上。

闵书妍悄悄退出了尼摩船长的博物馆，转身走向厨房。

厨房就在餐厅旁边。厨房中间是一个大大的烹饪台，厨房一侧的墙上设有一道通往食品仓库的门。其余的墙上安装了各种电器。这里还有用电净化海水制造淡水的机器，很像一台大咖啡机。

吴百根正拉着鹦鹉螺号上的一位厨师，用夸张的表情和肢体语言进行交流，学习烹饪各种菜肴。虽然他一向都是积极开朗的，不过，想必他现在才是最开心的。

平底锅里已经出现了做好的红色料理，看来吴百根已经加入了随身携带的辣椒面、辣椒酱之类的调料。

吴百根用叉子叉了一块肉，送到了身边厨师的嘴边，想让他尝一尝。厨师可能因为不太能吃辣犹豫了片刻，但禁不住吴百根的热情推荐，最终张开了嘴巴。吴百根把红色料理放进厨师嘴里后，便开怀大笑："辣炒猪肉，辣，辣。"

厨师的脸瞬间变得通红。外国人能够品尝韩国辣椒的辛辣味道，真的很有勇气。厨师喊道："好辣！好辣！"吴百根看着大口大口灌水的厨师，笑得前仰后合。

闵书妍静静地注视着吴百根，不经意间两人四目相对。

"书妍，过来看看。我让你感受一下家乡的味道。"

闵书妍努力装出开心的样子，走到吴百根身边。

"这是什么菜啊？"

"算是改良版的辣炒猪肉吧。"吴百根盛了一些红红的肉块，递给闵书妍。

闵书妍夹起一块肉闻了闻，令人怀念的辣椒面的香气飘进了鼻腔。她看着食物直咽口水，随后把肉片放在嘴里咀嚼，顿时嘴里面火辣辣的，控制不住地咳嗽起来。

外国厨师看向闵书妍，表情似乎在说："看，这么辣，你也吃不了吧？"

"辛辣的味道，本来就会使人咳嗽。"不管厨师听不听得懂，闵书妍说了一句便把碗里的肉全部倒进嘴里。真是久违了的韩国味。她的嘴唇变得通红，眼睛里充满泪水。厨师看到如此能吃辣的闵书妍惊讶不已，立刻竖起了大拇指。

"一次性吃太多的话会很辣的。你没事吧，书妍？"吴百根忧心忡忡地看着闵书妍。

"这辣炒猪肉真好吃。"

"谢谢你喜欢我做的食物，以后再给你做。"吴百根说完，便催促厨师与自己一起制作新的菜品。

闵书妍觉得这里也不是自己该待的地方，于是悄悄地从厨房走了出来。她迈着沉重的脚步，在亮着白炽灯的长长的走廊上缓缓前行，不一会儿就到了昨天去过的剧场。

千东海就在那里。他没有注意到闵书妍的到来，专心致志地画着舷窗外的海洋生物。他平时就喜欢画这些，在这里看到神奇的生物得有多开心啊。闵书妍走了过去，但他只是瞥了她一眼便继续作画。

黄太星、吴百根和千东海在鹦鹉螺号上都显得那么开心。

难道大家都没有回去的心思了吗？闵书妍心里很不是滋味，只有自己一个人感到惴惴不安，没有人与她感同身受。她平白无故地对东海发起了火。

"有人进来了，你连招呼都不打吗？"

千东海抬起头，心不在焉地说了声"你好"，随即又专注于自己的事情。

千东海的态度让闵书妍更加生气，她大声喊："大家都很好。和尼摩船长一拍即合的黄太星老师可以当副船长，吴百根可以应聘鹦鹉螺号的厨师，然后都幸福地生活下去。还有千东海，你在这里画一辈子喜欢的海洋生物就行了！"

听到闵书妍的抱怨，千东海把铅笔重重地放在了桌子上，盯着她问："你为什么对每件事都有那么多的不满？"

"你觉得现在这种情况正常吗？"

"可是，这种情况下我们也无能为力啊。"

"怎么没有？！得说服尼摩船长送我们回家啊。你不想念你的家人吗？"

"我也想啊。但《海底两万里》是一部19世纪60年代的小说，即便乘鹦鹉螺号回到韩国，那也是朝鲜封建王朝时期啊。"

听了千东海的话，闵书妍摇了摇头说："我不知道。我很烦。我们到底要在这艘潜水艇上待多久啊？"

"得周游全部的四大洋七大洲。我们甚至要去南极。"

"什么？南极？那我可能真的要疯了。这部小说的结局是什么？"

"小说中的阿罗纳克斯教授一行人后来遇到了迈尔斯特伦大漩涡，最终逃出了潜水艇。还没有找到逃脱的机会之前，你最好不要惹尼摩船长生气。"

"哼，尼摩，尼摩船长！你们都很怕他吧，像个胆小鬼。"闵书妍觉得千东海说话的口气像极了黄太星老师，于是冷嘲热讽地说道。

千东海听到闵书妍的讥讽，嘴唇微微颤抖，似乎想说些什

么，但他很快紧闭双唇，粗暴地拿起铅笔和画纸离开了剧场。

　　闵书妍又独自一人了。伴随着郁闷的心情，一同袭来的还有无尽的悲伤。她蜷缩在椅子上，双手抱住膝盖，把头深深埋了下去。虽然不是故意的，但是每次看到千东海她就会不自觉地发脾气。

　　闵书妍静静地回忆着，他们在进行VR体验时发生了地震，

天花板上的照明灯掉下发生了事故。那一瞬间，Q徽章发出了光芒……然后听到了某个声音——

　　去深广的海洋吧！

　　去体验神奇的海洋世界吧！

　　让大家融为一体吧！

当时，不知道是从哪里传来的声音。但就像那声音所说，大家来到了深邃宽广的海洋。

"按东海的话说，要经历《海底两万里》的过程才能结束，那么我们就要乘着鹦鹉螺号去四大洋七大洲了。如果是那样，一定能够感受到大海有多么神奇。"闵书妍又仔细想了想。

最后收到的信息是"让大家融为一体吧"，想必这个很难实现了。因为班主任的缘故，闵书妍不得不与千东海、吴百根组成一队，但是也一向对他们都毫不关心，从来没有想过和这些与众不同的家伙融为一体。而且，在班上总是孤身一人的千东海来到这里后，开始明目张胆地批评闵书妍，居然对她熟视无睹，还试图教育她。

"哼！他算什么。"闵书妍情不自禁地说了出来。

越想越不爽，真是让人感到厌恶。居然还让大家融为一体？简直太荒诞了。

"唉，不知道啦。"闵书妍用手揪着自己那无辜的头发。

取之不尽的海洋资源

我们可以从海洋中获得哪些资源呢?

从海洋中可以得到新鲜的鱼和海带等食物。

盐也是从海洋中获得的宝贵资源。

海洋是未来资源的秘密宝库!

1.海洋中有多种资源

地球上生物资源的80%分布在海洋里,我们目前只知道其中的约1%。可见,对于人类来说,大海是个未知的世界。海洋生物资源有着多种多样的价值,鱼、贝、海带等各种生物,是人类宝贵的食物资源。

从海水中可以提炼出人类生存所必需的盐。1升海水有约35克的盐溶于其中,考虑到全世界海水的数量,可以说是盐取之不尽的。此外,海边的沙子和卵石,在建造建筑物时可作为混凝土骨料来使用。海洋中蕴藏着巨大的矿物资源,其数量远超陆地上的储量,锰、铜、铁、锌等多种矿物深埋在宁静的海底。

珊瑚

食盐

2.锰团块

蕴藏在大海水深5000—6000米的锰团块，是非常有价值的未来矿物资源。

科学家猜测，是底栖微生物摄取了海洋中大量的二氧化锰等氧化物，日积月累形成了锰团块。锰团块中除了锰，还包括镍、铜、铁、钴等金属。锰可用于制造电池或油漆，镍、铜、铁等则是日常生活中常见的金属材料，它们都是未来高科技产业所必需的材料，所以，人们把锰团块称为"黑金"。

锰团块　　　　　　　　　　　　可燃冰

3.甲烷水合物

甲烷水合物是甲烷与水分子在高压低温条件下形成的类冰状结晶物质，俗称"可燃冰"。你们一定见过干冰吧？甲烷水合物的外观和干冰类似，也能像干冰一样产生白色的气体——甲烷。甲烷水合物之所以被称为可燃冰，就是因为其外观像冰，遇火即燃。作为最近备受关注的能源，它被压缩成高压力、低温度的状态，储存于深海或陆地永久冻土中。1升甲烷水合物中就有足足200升的甲烷。不仅如此，甲烷燃烧后仅生成少量的二氧化碳和水，污染远小于煤炭、石油等，是一种新型清洁能源。

进入马里亚纳海沟

登上鹦鹉螺号大概过去了一周，黄太星和孩子们受邀来到一间装有各种科学仪器的房间。

房间一侧的墙上堆满了仪器。仪器上的表盘指针，有的快速运动，有的缓慢移动。这不是现代的数字仪器，而是模拟式测量仪器。

尼摩船长背手站立，观察着各种数据。黄太星一边走近，一边热情地与船长打招呼。

"尼摩船长，您好！"

"欢迎光临，黄太星老师。"

黄太星和孩子们并排站在尼摩船长身边，看着那些测量仪器。尼摩船长向他们逐一介绍起仪器的功能："那个看似简单的测量仪器，是测量温度、气压、湿度的，可以显示潜水艇内部的环境状况；指针微微抖动的那个是指南针；挂在那里的是六分仪，能够测量太阳的高度；这个是经线仪，可以帮我们算出船所在的经度……"

"哦，原来是这样啊。借此机会，我也要多学习一些潜水艇的科学原理了。不过，您今天邀请我们来这里是有什么特别的原因吗？"

尼摩船长把手放在数字来回摆动的圆形机器上说："这是测量海底压力和温度的测深仪。黄太星老师对海洋学很感兴

趣，对海底压力和温度应该很了解吧？"

一说到科学，黄太星那藏在眼镜后面的双眼，顿时变得闪闪发光。

"如果船长允许，我想向学生们讲解一下压力。"

"您随意。"

黄太星转身向孩子们解释起来："孩子们，如果你们站在地球地表，1000千米垂直的空气柱压着你们，身上每平方厘米相当于承受1个标准大气压。你通常感觉不到，但这是一种巨大的力量，1平方米足足有10吨的压力。"

闵书妍疑惑地问道："老师，那么大的力量压在身体上，我们为什么会毫无感觉呢？"

"这是个好问题。我们的身体已经适应了1个标准大气压，同时我们的身体内部也向外发出同样大小的力量。大家都有过用吸管大力吸牛奶，使利乐包扭曲变形的经历吧？这是气压导致的。如果我们的身体没有从内向外的力量，那么我们也会像喝完牛奶的利乐包一样萎缩变形。"

"有点似懂非懂。"闵书妍歪着头说。

"好吧，现在让我们想想水里。进入水中，空气的挤压力加上水的挤压力，会让身体承受更大的压力。水的密度比空气大得多，所以压力也大。在水里下潜10米就能达到1个标准大气

压。那么下潜1000米会怎么样呢？100个标准大气压！换句话说，在水里1平方米的面积会受到1000吨的压力。"

孩子们被巨大的数字吓得连连咋舌。

也许觉得自己是时候该站出来了，尼摩船长往前走了一步。他说："邀请大家来这里，是因为今天鹦鹉螺号要进入海洋的最深处。"

"要进多深的水域呢？"最先做出反应的是黄太星。他就像是一个急于进入游乐园的孩子，显得焦急万分。

"我刚才说过，是最深的地方。"

"不，不会吧。难道是马里亚纳海沟？"黄太星提高嗓门反问道。

"我们在关岛附近航行来着。马里亚纳海沟从关岛以北的马里亚纳群岛右侧延伸至日本，长约2550千米，最深处约11千米。"

"我这辈子居然能到马里亚纳海沟！船长，我真的太激动了，竟然亲自去书本上学习过的地方，我的心脏都要跳出来了。孩子们，听到了吧？马里亚纳海沟是世界上最深的海沟。即使把8848.86米高的世界第一高峰珠穆朗玛峰放到沟底，峰顶也不能露出水面！"

面对黄太星的大声喊叫，闵书妍忧虑地问："咱们这艘潜水艇能承受11000吨的压力吗？即便再坚硬的铁板，也会被如此

巨大的力量压扁吧。"

听到闵书妍的话，黄太星看向了尼摩船长。

"今天，你将清楚地看到任何人都没见过的深海，然后你会发现自己错了。"尼摩船长双眉紧蹙。

"船长，您是说可以亲眼看到深海吗？这是能够实现的，对吧？"黄太星再次确认了一下，兴奋地跳起来。

"所以不要小看我的鹦鹉螺号。我们在船舱底部设置了一个向外突出的房间。通过房间的玻璃窗能够体验深海。你们要对大海和鹦鹉螺号怀有敬畏之心。"

"啊，我太崇拜您了。不仅是您，我也向鹦鹉螺号表示敬意。"黄太星夸张地喊道。

"很好。鹦鹉螺号即将进入马里亚纳海沟中第二深的'挑战者深渊'。去船体下面的房间，把深海铭记于心吧。"

黄太星和孩子们一同走进了尼摩船长所说的房间。

房间四周是向外凸出的半球形玻璃舷窗，一行人各自走到邻近的窗户。从轰鸣的机械声来看，鹦鹉螺号应该做好了充足准备。对于这艘潜水艇来说，本次航行似乎也是一个巨大的挑战。鹦鹉螺号终于开始沉入深海。

黄太星回头看了看孩子们，问道："你们知道海沟是什么吗？"

孩子们摇摇头。

"那你们听说过地壳吗？"

科学知识丰富的闵书妍答道："地球是由地壳、地幔和外核、内核组成的，最外层就是地壳。"

"果然，你很聪明。地壳100千米的厚度叫作'板块'。地球表面是由大大小小的板块组成的。板块随着地幔对流而不断移动。太平洋是由一个大板块组成的，这个大板块随着对流移动，不断俯冲到亚欧板块的下方。这样一直俯冲下去，会怎么样呢？"

吴百根好像听懂了似的举起手。

"吴百根同学，你说说看。"

"板块俯冲进入的地方会变得越来越深。"

"叮咚！回答正确。因此，在太平洋板块和亚欧板块交汇的海域，便形成了深深的海沟。"

这时，千东海高高地举起了手。

"好！千东海同学，你想问什么？"

"如果一个板块俯冲到另一个板块下面，那么下面的板块会消亡吗？还会不会形成新的板块呢？"

黄太星拍了拍手道："这是个好问题。有消失的板块，当然也会有新生的板块。现在美洲大陆和欧洲、非洲大陆之间的距离越来越远了，这是大西洋中部的地幔物质涌出，不断产生新板块的结果。那么新的板块会是什么样子呢，东海同学？”

“嗯，板块俯冲进去的时候是凹陷的，那新形成的板块会不会是隆起的呢？”

“叮咚！答对了！所以，大西洋中部有海底山脉。它的科学术语叫作'海岭'。”黄太星夸张地做起了海豹式鼓掌。

闵书妍看到千东海被黄太星老师夸奖，心里觉得有些失落，同时也厌倦了这略显幼稚的说教。她用手指着逐渐变暗的大海，漫不经心地说：“老师，现在不要再说教了，来欣赏你期待已久的深海吧。”

听到闵书妍的话，黄太星迅速将头转向窗外。

鹦鹉螺号正向着海洋的最深处缓缓下潜，窗外的光线越来越暗，能看到的海洋生物也越来越少。偶尔有生物游过，都是自身能发光的，那些微弱的不同颜色的光，把海沟衬托得更神秘。

“哦，眼前已经越来越黑了。”黄太星睁大眼睛往外看，“都说海沟里是寂静无声的，生物都没有，死气沉沉的，安静到令人害怕啊！”

地球内部是什么样子的呢？

深海海底地貌是如何形成的呢？让我们来了解一下地球内部是什么样子的吧！

1.地球的内部

　　地球是一个半径约6400千米的巨大球体，由地壳、地幔、地核三个层状构造组成，其中地核分为内核和外核。

　　科学家们通过研究地震波的速度变化，揭示了地球的内部结构，人们因此知道了地球内部的各个分层是由什么物质组成的。

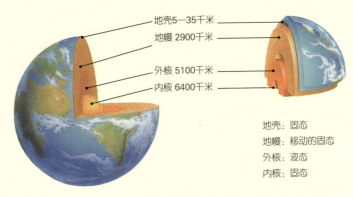

地壳5—35千米
地幔 2900千米
外核 5100千米
内核 6400千米

地壳：固态
地幔：移动的固态
外核：液态
内核：固态

地球内部结构示意图

2.大陆在漂移吗？

下图显示了地球板块是如何划分的。亚欧板块是一个包括亚洲和欧洲在内的大板块。作为世界上最大的海洋，太平洋也是一个大板块。另外，还有美洲板块、非洲板块等是以陆地为主的板块。板块缓缓移动，不断塑造着不同的地表形态。乘坐鹦鹉螺号体验的马里亚纳海沟，是通过板块之间的碰撞挤压而形成的海底沟槽。

板块构造示意图

3.什么是板块？

板块由地壳和上地幔顶部（100千米左右）坚硬的岩石圈所组成的。十几个大大小小的板块，构成了地球表面。这些板块，随着地幔内部发生的"对流运动"而不断移动。地球上的所有大陆曾经是统一的巨大陆块，经过漫长的分裂和漂移，逐渐到达了如今的位置，这就是"大陆漂移说"的理论基础。

1912年，德国气象学家、地球物理学家阿尔弗雷德·魏格纳正式提出"大陆漂移学"。因此，他也被称为"大陆漂移说之父"。

4.板块移动形成的海底地貌

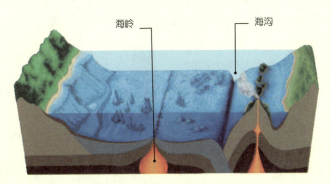

海沟与海岭

海沟

　　一般情况下，大洋板块比大陆板块密度要大。大洋板块因位置较低，密度较大，与大陆板块相遇时，就会俯冲到大陆板块之下，并且在俯冲的过程中形成一个向下的俯冲带。通常，这个深深的俯冲带会形成深邃的沟槽，即海沟。

海岭

　　板块不断相背分离扩张，在大洋中脊的顶部形成一条巨大的裂谷，岩浆从这里涌出并冷凝成新的岩石，构成新大洋地壳。这个海底分裂产生新地壳的地带就是海岭，也称"海底山脉"。延绵于大西洋中部呈线状延伸的中央海岭，长达17000千米，可高出两侧海底2500—3000米。

马里亚纳海沟与深海勘探

　　马里亚纳海沟是太平洋板块与亚欧板块交汇处形成的最具代表性的海沟。马里亚纳海沟全长达2500千米左右，呈弧状。位于马里亚纳海沟最深处的斐查兹海渊，其深度可达11034米，但这并不是人类亲自下潜测量的数据，存疑。

马里亚纳海沟南端的挑战者海渊，是人类实际探测成功的最深海渊，其深度是10984米，即使把世界上最高的珠穆朗玛峰（8848.86米）放进去，离水面也还有多于2000米的高度差。探险家们不断尝试，想要征服挑战者深渊，但是因为巨大的水压，屡屡失败。

　　迄今为止，有8个人成功抵达过挑战者深渊。2020年6月7日，美国前宇航员、地质学家的凯瑟琳·沙利文，成为第一个抵达挑战者深渊10928米处的女性。极具冒险精神的凯瑟琳，真是一位了不起的探险家。她不仅是第一个抵达挑战者深渊的女性，而且还是首位执行太空行走任务的女航天员。探险家们这种无所畏惧的精神，每每成为科学发展进步的助推器。

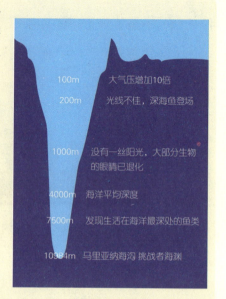

100m　　大气压增加10倍
200m　　光线不佳，深海鱼登场
1000m　　没有一丝阳光，大部分生物的眼睛已退化
4000m　　海洋平均深度
7500m　　发现生活在海洋最深处的鱼类
10984m　　马里亚纳海沟 挑战者海渊

马里亚纳海沟

凯瑟琳·沙利文

冲出海底
地震

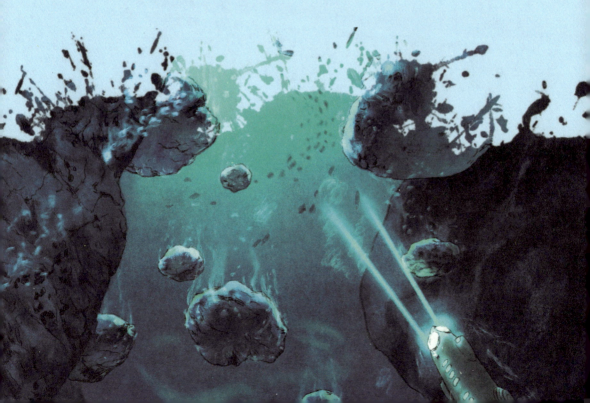

鹦鹉螺号到达了伸手不见五指的深海，正承受着黄太星所说的巨大压力，四处都在发出铁壳被撞击的声音。

闵书妍担心眼前的圆形玻璃能否承受住那巨大的压力。如果是在小说《海底两万里》中的话，现在不应该是19世纪吗？也就是说，以这时的技术水平，很难想象能够制造出支撑巨大压力的玻璃。

"黄太星老师，您听到铁折断的声音了吗？"

"我听到了铁壳被撞的声音。"

"这玻璃真的能承受11000吨的压力吗？"

"玻璃是很容易破碎，但它本身是非常坚固的矿物。再说了，这是凸透镜形状的玻璃，能够有效地分散所受的力量。"

黄太星刚说完，千东海就补充道："小说里是成功了，别太担心。"

闵书妍觉得千东海是自以为是地炫耀，于是又不耐烦了，瞪眼道："那是小说，这是现实！"

"你能肯定这是现实吗？我真是多余，居然告诉你。"

听了千东海的话，闵书妍气不打一处来。两人针锋相对的时刻，黑漆漆的大海突然变得明亮起来。鹦鹉螺号的探照灯打开了，它发出的光芒，照亮了大海。

"进行光合作用的海草不能生活在深海的黑暗世界里，但

是动物们不一样，有些鱼在深海中也可以生活。看那边，压力表显示目前水深为2000米。"

空荡荡的大海透明清澈，几个人呆呆地看着窗外的深海。梦幻的场面占据了闵书妍的整个心灵，她的心中产生了一种无法用言语表达的情感，忽隐忽现，难以捉摸。

这时，眼前出现了奇怪的生物。它有着像盔甲一样坚硬的鳞片和恐怖的牙齿，看起来是鱼类。它的头大到占据了身体的三分之二，尖尖的牙齿占到了大头的一半。如果被困在它那像铁窗一样的巨大牙齿里面，想必任何东西都难以逃脱吧。

"哦！这是在照片上看过的毒蛇鱼啊。"黄太星惊讶地说。

鹦鹉螺号越往海底下潜，新奇的生物就一个接一个地悄然出现：瞬间改变身体颜色的章鱼，通体透明、连内脏都能看得一清二楚的透明鱼，拥有漏斗一样的大嘴的深海鳗鱼……触角闪着绿色荧光、头顶着"灯笼"的鮟鱇鱼将小鱼引诱到嘴边后，用锯齿般锋利的牙齿一口咬下去的场面，简直就是一部生存纪录片。

"哇！老师，是大王乌贼。"

顺着吴百根手指的方向望去，远处游来了一条红色的巨大乌贼。它利用10条腕足奋力游动，速度十分惊人。黄太星吃惊地睁大双眼，嘴里又不自觉地背出了乌贼的分类："软体动物门、头足纲、十腕总目。"

"把那个鱿鱼腿油炸的话，能够吃一个月了吧？"吴百根紧紧贴在舷窗上，"听说在海岸上曾经发现腕足长达8米的乌贼，但那只乌贼的腕足看起来足足有20米吧。"

"那只乌贼会把鹦鹉螺号当成鲸鱼来攻击的，它可是凶恶的危险生物。"舱门方向传来了尼摩船长浑厚低沉的声音。

如同船长所说，大王乌贼靠近潜水艇后将巨大的腕足伸向鹦鹉螺号，像蟒蛇一样把潜水艇团团缠住。乌贼腕足上数百个巨大的半球形吸盘，像磁铁一样紧紧贴在潜水艇的铁板上。

潜水艇和大王乌贼一起慢慢下沉。乌贼透过舷窗，狠狠地向里张望。可以看到，在它的十条腕足中间有长得像鹦鹉喙一样强有力的嘴巴。嘴一张开，伸出长满锋利牙齿的舌头。

孩子们吓得离开舷窗向后退去。

"啊，真恶心。我取消说它可爱的话。"黄太星说。

"我再也无法想象辣炒鱿鱼了。这样下去，我们不会成为那个大王乌贼的食物吧？"吴百根用惊恐的声音说。

乌贼为了压制住"敌人"，腕足加大用力，死死缠住鹦鹉螺号，毫无松懈的迹象。如果这种情况持续下去，即使是坚固无比的鹦鹉螺号，恐怕也会因承受不住而扭曲变形。

尼摩船长好像跟大王乌贼在进行"瞪眼比赛"一样，目不转睛地盯着它。

黄太星问道："尼摩船长，鹦鹉螺号不会损坏吗？"

"黄太星老师，难道你忘了现在鹦鹉螺号要去哪里吗？"

鹦鹉螺号正在前往世界上最深的海洋——马里亚纳海沟。在水深11000米的深海，可得承受11000吨的压力。尼摩船长的眼睛里似乎在说，大王乌贼的力量可远远不及深海的压力。

潜水艇继续下降，压力表指向了6000米。包裹着鹦鹉螺号用力摇晃的大王乌贼，似乎再也受不了了，它那长长的腕足像美杜莎的头发一样散开来，随即向上游去。

又下潜30分钟，到达了水深10000米的深海。

"祝贺你，黄太星老师，你成为第二批到达海洋最深处的人之一。"尼摩船长向黄太星伸出右手。

"这是托了您的福。"黄太星受宠若惊。

"我上次和阿罗纳克斯教授一行人曾经来过这里。"

黄太星向孩子们再次重申，地球上最深的海底是普通人永远无法企及的地方，这可是千载难逢的机会。他还嘱咐大家，要好好铭刻这一切。

水深11000米的深海里也生活着生物：身上只有骨头的鱼，眼睛如同白色乒乓球；拥有细长身体的鱼慢吞吞地游动；把鳍当作脚伫立在岩石上的鱼……

感叹于眼前的景象，黄太星说："我脑子里的科学理论无

法解释那些鱼的生存方式。"

"黄太星老师，就把深海的景象深藏于心吧。"

"没错。应该这样。不过，如果知道那些惊人的生物们的生存方式的话，也许可以帮助身处危险境地的人们。"

这时，海沟里缓慢游动的生物突然加快了速度，慌乱的样子很不寻常。

"这是怎么回事，船长？"黄太星紧张起来。

"嗯，现在很难猜到。也许是海底怪兽——传说中的巨齿鲨出现了。"尼摩船长似乎也是第一次经历，瞬间睁大了双眼。他走近舷窗，聚精会神地观察着大海的动向。

巨齿鲨是一种长约20米的超大型鱼类，像恐龙一样，现实中只剩下化石。

"脊索动物门、软骨鱼纲、鼠鲨目，生活在新生代中新世到上新世末期。这真的会是160万年前灭绝的巨齿鲨吗？"

"黄太星老师，不要试图用理论解释一切。您所了解的大海，仅仅是整个海洋的 1% 左右。"

海沟像陆地上的山谷一样，是深入海底的部分。现在，沿着两侧耸立着陡峭的悬崖，鹦鹉螺号进入深深的大海之谷。

突然，岩石从悬崖上滚落下来。

"老师，岩石掉下来了。"千东海急切地大声呼喊。

不幸中的万幸是，岩石在海中落下的速度并不快。黄太星这才意识到发生了什么情况，喊道："哎呀，是海底地震！动物们是觉察到危险才逃跑的。"

"你们要牢牢抓紧！"尼摩船长留下这句话，急忙跑向驾驶室。黄太星叫孩子们靠墙，互相牵着对方的手。

"嗡"的一声，大家听到了潜水艇的水箱排水的声音。潜水艇立刻像直冲云霄的火箭一样，向上快速升起，大家就像坐过山车一样，心怦怦直跳。从悬崖上掉落的石头，撞击到快速上升的鹦鹉螺号后落了下去。鹦鹉螺号如果与巨大的岩石相撞，有可能会被截断。

黄太星皱起了眉头，同时也不忘记解释地震原理："地幔对流导致板块漂移，在这过程中板块与板块之间的边缘会挤压碰撞。以这种方式积累的能量一下子爆发出来的话，就会发生地震。因此，太平洋板块边缘经常发生地震，我们把它叫作'环太平洋地震带'，也叫'火环'。海底发生的地震……"

"老师，在这样的危急时刻还要听你的讲解吗？"闵书妍大声叫道。

"呃，我只是想起来了。"黄太星也觉得有些不妥了。

地震为什么会发生?

地球板块与地震之间有着密不可分的联系,到底是什么联系呢?

1.海底地震和海啸为什么会发生?

地震为什么会发生呢?地球板块漂浮在地幔之上缓缓移动,板块与板块之间相互挤压碰撞,不断积蓄能量,当地壳快速释放长期积攒的能量造成震动时,就发生地震。

如果海底发生地震,就有可能引起海啸。地震的冲击导致海底到海面的整个水层发生剧烈震动,震动波在海面上以不断扩大的圆圈,传播到很远的地方。海啸一旦进入大陆架,波高将骤增,这种巨浪会给人类的生命及财产带来巨大威胁。

海啸

2.环太平洋地震带

科学家古登堡和里克特对地震的产生做了深入的研究，发现地震只在特定区域频繁发生。如右图所示，太平洋板块周边地区就会经常发生地震和火山爆发。环绕太平洋的这部分地区，被称为"环太平洋地震带"。日本和韩国虽然同样在环太平洋地震带上，但是日本比韩国更接近板块的交界处，地壳运动活跃，所以发生地震的频率更高。

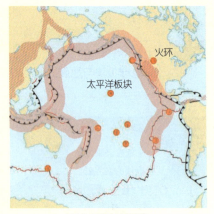

环太平洋地震带

3. 通过地震波确定地球内部结构

地震发生时，会以波的形式向四周传播能量，这就是"地震波"。地震波分为纵波（P波）和横波（S波）。纵波是推进波，传播速度较快，最先到达震中；横波传播速度较慢，在纵波之后到达震中。两个地震波有着截然不同的性质，能穿透的物质也不相同。横波和纵波的传播速度随着通过物质的性质不同而发生改变。

人们根据地震波的变化，也间接了解了地球内部的结构情况。

	P波	S波
形态	纵波	横波
速度	约 7 km/s	约 4 km/s
通过的物质	气体、液体、固体	固体
形状	震源　传播方向　振动方向	震源　传播方向　振动方向

难忘面包树

　　鹦鹉螺号冲出海底地震区，平安回到预定航线上。通过这次事件，尼摩船长对鹦鹉螺号的自豪感更强了。

　　鹦鹉螺号大约又航行了一个月。一天早晨，闵书妍睁开双眼，突然感受到了一股清爽的空气。为了更换舱内空气，潜水艇会定期升到海面上，今天就是换气的日子。黄太星和千东海、吴百根已经爬上了潜水艇的甲板。

　　闵书妍来到走廊一看，不知什么原因，船员们忙碌地奔波着，看起来气氛十分紧张。远处的尼摩船长，正表情严肃地向部下指示着什么。

　　闵书妍爬上铁楼梯，打开舱门上了甲板。黄太星和吴百根、千东海都在那里，他们仿佛要用新鲜空气填满身体，大口大口做着深呼吸。

　　潜水艇一如往常浮在水面，但附近能够看到零零星星的黑色暗礁。潜水艇好像搁浅了。

　　"黄太星老师，这是怎么回事啊？"

　　"如你所见，鹦鹉螺号靠近海岸后触礁了。所以，就这样动弹不得了。"

　　潜水艇摇摇晃晃，最终倾斜着固定住了。

　　"那么，只有等海水灌入后才能从暗礁脱离出去，是吗？"

　　"是的。听船长说，可能在这里待上三天左右。"

"竟然要待三天？是不是出了什么大事？"

"尼摩船长说这是小事，所以不要太担心了。"听了闵书妍的话，黄太星露出了无所谓的表情，"不过，你们知道为什么会有涨潮落潮吗？"

当黄太星突然提问时，闵书妍摆出一副意料之中的样子，吴百根则猛然举起了手。

"当然知道啦。月亮的吸引力导致海水被吸引至月亮方向，从而造成了潮汐现象。"

听了吴百根的回答，黄太星竖起食指左右晃动道："吴百根同学的答案只对了一半。"

"咦？为什么，老师？"

"因为月亮的引力，靠近月亮一侧的海洋会涨潮，这是正确的。地球每天自转一周，但每天是不是只有一次涨潮呢？"

"涨潮每天会发生两次啊。"闵书妍试图回忆从书上读到的涨潮和落潮的原理，不过实在想不起来。

"是啊，书妍同学所在的地方涨潮的时候，地球另一边的海洋也同样会发生涨潮现象。"黄太星继续说。

闵书妍在努力思考答案的时候，千东海抢先问道："是啊，大海每隔六小时就会涨潮或落潮，海水的涨落为什么一天会有两次呢？"

　　"那是因为地球自转产生的离心力在起作用。所谓离心力，是指物体在做圆周运动时所产生的试图离开中心的力量。地球自转时，在离心力的作用下，海水就会向外扩张。所以，潮汐现象一天会出现两次的原因，一是因为月亮的引力，二是因为地球的离心力。"

　　虽然听起来有些复杂，但大家好像大致理解了。

　　"老师，那为什么尼摩船长说要等三天呢？六小时后再有涨潮的话，不是可以走了吗？"吴百根抱怨道。

　　"好吧。我正式地解释一下。"

　　闵书妍把目光转向了大海的另一边，那里有一座绿森森的岛屿，也许能够从那里逃出去。黄太星刚要开始解释，她迅速打断了他的话："老师，那是陆地！"

　　"是的，我知道。尼摩船长说，那是菲律宾群岛中的一个。"

　　"如果按照小说情节走的话，那岛上住着土著人。"

　　千东海的话给闵书妍阴郁的心灵带来了光明和希望。在那里登陆的话，也许就能找到逃跑的办法了。

　　闵书妍扯着黄太星的黄色衣服，缠着他说："黄太星老师，这是我的愿望，我们去那边吧。听说逝者的遗愿都要尽量满足，那生人的愿望难道就不要满足了吗？"

　　"但是，尼摩船长不是说我们必须待在潜水艇上吗？他不

会同意的。"

这时，吴百根开口说："我和书妍想法一样，不是说要在这里待三天的嘛。去海岛上找一些新鲜水果吧，这里是热带地区，应该会有香蕉、菠萝之类的东西。"

虽然目的不同，但是吴百根跟自己上岸的意见一致。闵书妍更来劲了，她回头看向了千东海。

"千东海，你呢？你也想去陆地看看吧？"

"我也同意。"千东海的回答简单明了。

"好，老师，我们三比一了。现在去找尼摩船长吧，请转达我们的愿望。"

"如果你们的想法是那样的话，我会去跟尼摩船长说说看。但是他不会允许的，不要抱太大期望。"

与黄太星的预想相反，尼摩船长爽快地答应了大家的请求。他还关心地叮嘱："在岛上不知道会发生什么危险情况，最好不要三心二意，一定要提高警惕。"

第二天早上，尼摩船长让船员解开潜水艇上的小船放到海里，同时给了黄太星他们一把斧头和一个指南针在，唯恐他们在森林里迷失了方向。

"尼摩船长，谢谢您。我们会找来好的食材。"

尼摩船长一如往常地默默举手敬了礼，随后通过舱口进入

潜水艇。

黄太星慢慢地划着桨。小船很轻，不用太费力就能快速前进。虽然到处都有暗礁，但是黄太星熟练地躲避开了。

"老师，您驾驶得不错嘛。"吴百根称赞道。

"这就是作用力和反作用力。船桨向后划水时，水也会给船桨一个向前的推力，由此使船向前移动，就是这么个原理……"黄太星又开始絮叨了。

"老师，我们时隔一个月踏上陆地，这种激动人心的时刻就不要进行科学讲座了。"闵书妍表情严肃地说。

小船安全地抵达了岸边。到了浅水区，闵书妍第一个跳下去，"扑通扑通"地跑向沙滩。这是时隔多久才踩到的土地啊！温暖的沙子从脚趾间渗入，她开心地恨不得亲吻这片土地。她从来没想到过，踩在土地上能让人如此心潮澎湃。她干脆直接躺在沙滩上，心底迸发出了强烈的呐喊："终于到陆地了！我们得救了！"

千东海和吴百根也高兴地勾搭着肩膀，跑来跑去。黄太星欣慰地看着孩子们，随后把小船拉上沙滩。为了不被海浪卷走，他用绳子把小船牢牢绑在棕榈树上固定住。千东海和吴百根见了，也一起来帮忙。

这个岛屿完整地展现了原始风貌，大片白色的沙滩上有挂

满椰果的椰子树，沙滩边缘是一片郁郁葱葱的树林。

"你们不渴吗？摘椰子吃吧。"吴百根指了指椰子树。

采摘椰子的工作由灵活敏捷的千东海负责。只见身手矫健的他拿着斧头爬到树上，小心翼翼地将椰果打落在地。吴百根用斧头把椰果的上端打开，里面充满了白色液体，这是天然椰子汁。四个人不分先后"咕嘟咕嘟"喝起椰子汁。陆地上的甜蜜果汁穿过舌头和喉咙直达胃部，这种感受很奇妙。

吴百根喝完果汁，用牙齿直接刮椰肉吃了起来。其他人也纷纷学着他用牙齿刮果肉吃。

　　"东南亚旅行的时候只喝椰子水了，没想到果肉也这么好吃。"吴百根把吃完的椰子壳扔在地上说。

　　听了吴百根的话，闵书妍连连说道："对，对！"

　　"黄太星老师，我们多摘一些椰子带回潜水艇吧？椰子和海鲜搭配的话会很美味的。"

　　"百根同学，别激动。你忘记香蕉、菠萝了吗？"

　　"哦，是的。老师，快进树林吧！"

　　黄太星带头进入了树林。树林里长满了巨大的树木，藤蔓植物像蛇一样爬过地面，缠绕着大树向上蔓延。地上有无数不知名的草，有些看起来像蕨类植物。从未见过的五颜六色的花朵和形态各异的草，吸引了一行人的目光。古老的树木分泌出的植物杀菌素，使大家的头脑变得越发清醒。各种各样的鸟鸣声与穿过森林的风声交织在一起，像是在演奏管弦乐。

　　"老师，是鹦鹉。"千东海发现了站在树上的大鹦鹉。它的羽毛像彩虹般绚丽夺目，看起来十分华美。

　　"金刚鹦鹉，鸟纲、鹦形目、鹦鹉科。它可真漂亮啊。"

　　"老师，您别忘了我们是来找食物的。"

　　"我知道了，百根。这是多么美丽的生物世界啊。"

　　往树林深处走去，大家看到了一些可以作为食物的东西。

　　吴百根寻找食物的能力，真是让人赞叹不已。他和千东海步调一致，完美展现了默契十足的配合。"那是香蕉。""那是芒果。""那是菠萝。"每当吴百根大喊时，千东海就会爬到树上，熟练地采摘水果。两人收集的水果足以装满小船。

　　"嗯，不过这些都是甜点而已，真可惜！"

　　"是啊，我想吃米饭、面包那样的碳水化合物。小说里有烤面包树果实的情节，但是我不知道面包树长什么样。"

　　听到千东海的话，黄太星快速地背诵起来："被子植物门、双

子叶植物纲、荨麻目、桑科。东海同学，面包树遍布四周哦。"

"是吗？在哪里？"

黄太星指了指旁边的树。它的树叶像手指一样分裂开，树上悬挂着像葫芦一样的圆形果实。果实表面上看起来并未成熟，但是里面有大量的淀粉，烤着吃别有一番风味。

"老师，难道您不知道这棵树上结的是宝贵的口粮吗？"

"书妍同学，我只知道它的分类体系，没想到它竟然是生命之树啊。"

"您虽然拥有丰富的科学知识，但是缺乏实践啊。"

千东海摘下面包果，用斧头劈了下去。被切开的果实内侧，布满了白色的果肉。

"老师，要是有火就好了。"吴百根的口水流了出来。

黄太星从裤子口袋里拿出了便携式打火机。千东海按照小说中读到的那样，收集树枝，点燃火堆，把面包果放在上面炙烤。过了一会儿，面包果就烧黑了。东海用树枝把面包果弄到地上，然后小心翼翼地从果实中间切开。乌黑的面包果里面，竟然是又白又软的果肉，而且热气腾腾，香气扑鼻。

千东海先递给黄太星一块，接着递给闵书妍和吴百根。

吴百根露出一脸享受的样子，咀嚼着面包果说："老师，让我们把面包树上的果实装满小船吧，尼摩船长肯定也会喜欢的。"

"那就这样吧。我也赞成。"

闵书妍也觉得面包果很好吃，平时不稀罕的碳水化合物原来这么珍贵，真是意想不到。看着其他三人开开心心地吃着面包果，她露出了微笑。在学校里，她一直认为"吃货"吴百根和"独行侠"千东海与自己完全合不来。现在回想起来，总是力求完美的自己，不知不觉做出了许多无视他人的行为。

吴百根虽然十分好吃，但凭借积极的心态和亲和力，很快就和鹦鹉螺号上的厨师们打成一片。即使对于自己的刁难也总是报以微笑，可以说是一个心地善良的人。

千东海虽然内向，但喜欢阅读，拥有丰富的知识。他把面包果分享给跟他针锋相对的自己后才吃，真是天性善良。

黄太星老师虽然说话冗长，但他是一位热衷于教学、不摆架子、平易近人的好老师。

看着三个人的样子，闵书妍的眼泪不由得在眼眶里打转。

"尝尝撒了喜马拉雅盐的面包果，真的很好吃。"看闵书妍啃完一块，千东海又把新烤的面包果递给了她。

闵书妍担心眼泪涌出，努力地笑着提高了嗓门："啊，人家要减肥，我只能再吃这一个了。"

"不知道以后还有没有机会吃到，现在就多吃点吧。"吴百根大口吃着，仿佛要一次性吃个够。

涨潮与落潮的奥秘

尼摩船长想等满潮时大量海水涌入协助鹦鹉螺号摆脱暗礁，可海水为什么会涨落呢?

1.潮汐发电

　　大海有涨潮和落潮这种周期性的海水运动，即潮汐现象。有些地方，一天之内涨落潮的水位差甚至达到10米以上。人们利用海水高、低潮位之间的落差，推动水轮机旋转，带动发电机发电，这就是"潮汐发电"。韩国就有利用海水的潮汐能进行发电的潮汐发电站，如始华湖潮汐发电站，每天可以为50万人提供25.4万千瓦的电力。潮汐发电产出的电能，是不排放二氧化碳等污染物的清洁能源。作为一种备受关注的未来能源，它拥有广泛的应用前景。

涨潮时将海水以势能的形式储存在水库内，落潮时则放出海水，如此利用高、低位的落差，可推动水轮机转动，带动发电机发电

潮汐发电示意图

2.潮汐现象

潮汐是发生在沿海地区的一种自然现象，大海每隔6小时就会涨潮或落潮，这种海水周期性的涨落现象，称为"潮汐现象"。在一个涨落周期内，海面上涨叫作"涨潮"，水面上升达到最高潮位称作"满潮"，海面下降叫作"落潮"，水面下降达到最低潮位称作"枯潮"。

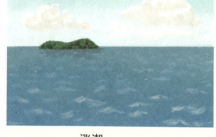

落潮　　　　　　　　　　　　　涨潮

3. 产生潮汐现象的原因

那么，潮汐现象是什么原因引起的呢？

万有引力是存在于一切物体间的相互吸引的力。因为月球对地球的万有引力，引起地球上最近月点的海水存在吸向月球的趋势，这就引发了涨潮。而同时，一些地方的海面就会降低，形成落潮。

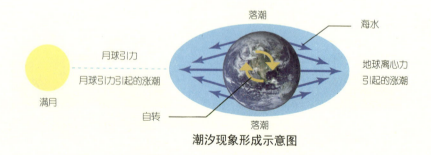

潮汐现象形成示意图

地球自转一周是一天，那么一天之中，涨、落潮不是应该只有一次吗？为什么地球每天经历两次潮汐呢？这就涉及潮汐现象形成的另一个原因。如下图所示，当地球上发生潮汐的地方A点最靠近月球时，出现满潮，但与此同时，A点对应的地球另一边也在发生满潮，这是地球自转产生的离心力所导致的。离心力是一种惯性的体现，它使旋转的物体远离它的旋转中心。地球的近月面的月球引力大于离心力，引潮力指向月球，把水拉离地心；地球远月面的离心力大于月球引力，引潮力背向月球，也把水拉离地心，所以地球的前后两面都会涨潮。

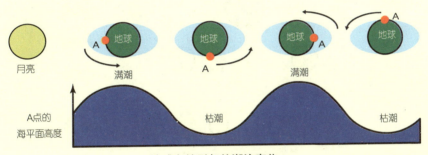

地球自转引起的潮汐变化

4.潮汐时的水位为何不同？

　　虽然相距甚远，但是来自太阳的万有引力也会对潮汐现象产生影响。太阳的引潮力虽然不算太大，但是能影响潮汐的水位。当太阳、月亮和地球在同一直线上时，即月相为新月或满月时，太阳和月亮在同一方向或正相反方向施加引力，这时海面涨落的幅度较大。当太阳、月亮和地球成直角时，即月相为上弦或下弦时，太阳的引潮力和月球的引潮力互相抵消了一部分，这时海面涨落的幅度较小。

月亮为什么总在"变脸"

　　因为月球围绕地球公转，地球围绕太阳公转，所以太阳和地球、月球的相对位置在不断改变。月球本身不发光，是靠反射太阳光而发光的。月球的位相以新月、上弦月、满月、下弦月、残月的顺序不断变化着。地球上看到的，是月亮被太阳照亮的部分。

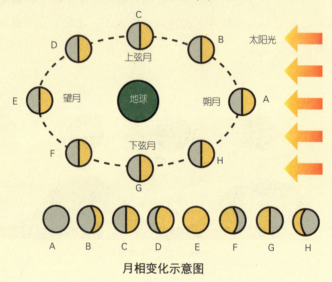

月相变化示意图

　　如果按照地球—月球—太阳的顺序三者排成一线，从地球上看，就会看到A位置上的月亮。此时月球背面受到太阳光的照射反射太阳光的那一面不对着地球，所以我们看不见月亮，该月相叫"新月"或"朔月"。而按照月亮—地球—太阳的顺序排成一线，就会看到E位置上的月亮。此时，月球正面受到太阳光的照射而发光，月亮的整个发光面对着地球，该月相叫"满月"或"望月"。月亮到达C点时，我们可以看到月亮东半边明亮，呈大写的英文字母D的形状，该月相叫"上弦月"。月亮达到G点时，我们可以看到月亮的西半边明亮，该月相叫"下弦月"。

被土著人
活捉

啪！一个小石子飞向火堆，迸溅出火花。黄太星还没来得及回头看的工夫，闵书妍就发现了藏在灌木丛中的数十张人脸。

"老师，那边，土……是土著人！"

见闵书妍注意到他们，土著人便慢慢站了起来。他们手持弓箭和长枪。

"孩子们，快到船上去。"黄太星带着三人匆忙逃跑。跑了一会儿，闵书妍回头看土著人是否跟了上来，再一回头，前面的黄太星他们就消失不见了。到处都是人一样高的草丛，她竟一下子无法分辨哪条是通往海滩的路。

不远处，土著人正在草丛中寻觅着他们，吵吵嚷嚷地用他们的语言互相交流。闵书妍紧趴在草丛里，生怕被人发现。呼救只会更加危险，她的泪水顺着脸颊流了下来。

过了一会儿，旁边草丛里有东西动了一下。是土著人吗？难道是老虎？那东西正在慢慢靠近。闵书妍吓得膝盖瑟瑟发抖，牙齿也咯咯打战。

"如果这是一场梦就好了。拜托，我想快点醒过来。"闵书妍感到万念俱灰，紧紧闭上了眼睛。

"你在这里啊，书妍。"

闵书妍吓得抬起头，看到千东海站在面前，紧紧抱住了他。

千东海压低身体轻声说："他俩先去小船那里了。"

"谢谢你来找我。我明明对你那么坏……"

"我们不是朋友吗？现在不是说话的时候。快点坐船去。"

土著人似乎已经回去了，周围变得很安静。千东海走在前面，闵书妍长舒了一口气，跟在他身后。不一会儿，他们看到了小船，便全力奔跑。危机要解除了，黄太星和吴百根会在船上等他们，大家很快就会回到鹦鹉螺号上。

就在这时，闵书妍的身体突然升向空中，躲在草丛里的土著人发出怪异的声音跑了出来。她踩中了土著人提前布置好的陷阱，身体被网吊在了半空中。千东海捡起石头想要反抗，却被土著人的木棍砸中了头部，一下子栽倒在沙滩上。

闵书妍忧心忡忡地看着千东海。过了一会儿，他才缓缓睁开了眼睛。

"东海同学，你没事吧？我们大家都被抓住了。土著人躲在船边等着我们来着。"黄太星深深地叹了口气。

土著人把黄太星和孩子们紧紧绑在一起放在沙滩上，之后围成了一个大圆圈，团团围住了四人。土著人有着黝黑的皮肤和健壮的身体，身体上到处都涂着花花绿绿的颜料。

"老师，我们以后会怎么样呢？"总是笑容满面的乐观主义者吴百根，现在也哭丧着脸，"尼摩船长会不会来救我们？"

"不清楚啊。如果涨潮的话，鹦鹉螺号就可以摆脱暗礁，

那么尼摩船长就会消失在茫茫大海之中吧。"

过了一会儿，土著人闹哄哄地让开一条路，三个人走了过来。他们头上戴着羽毛制作的华丽的帽子，身上挂着红色和白色的玻璃珠项链等首饰。戴着最华丽的帽子者站在中间，好像是他们的首领。他两旁分别站着一个老者和一个块头很大的年轻人。

大块头年轻人用手杖敲了三次地面，人群瞬间安静下来，首领则高举长矛大声喊叫。

千东海猛地站起来喊道："萨基芬莫亚克（救命啊）！"

黄太星等人惊讶地看着千东海。吃惊的不仅是他们，还有土著人。周围又开始变得闹哄哄。首领"啪"的一声把长矛插在地上，一群人再次安静了下来。

"斯诺卡（你是谁）？"首领问。

"东海，你会说他们的话吗？他到底在说什么？"

"这里不是菲律宾群岛嘛，我曾经生活的海边村落就有菲律宾阿姨，所以能听懂一点。'你是谁？'我只听懂了这句话。"

"那就解释一下，告诉他们我们是谁。"黄太星催促着。

"我不会说那么长的话。"

"他们看起来很警惕。试着告诉他们，我们是好人。"

千东海用手指着同伴们说："马法伊陶（善良的人）。"

黄太星和孩子们也大声喊："马法伊陶。"

对面三人把头靠在一起交流后，首领说："帕图奈（证明）。"

千东海把首领的话传达给同伴们："好像让我们证明自己是好人。"

"送礼物怎么样？"对于闵书妍的提议，千东海点了点头。

"好主意。老师，您带打火机了吧？"黄太星从口袋里掏出了打火机，千东海接过后举过头顶，点燃打火机。

"阿波伊（火），雷加洛（礼物）。"千东海说。

看到这个场景，土著人感到很神奇，议论纷纷。首领打了一个手势，守着黄太星他们的土著战士接过打火机，并转交给首领身边的老者。老人点燃打火机，仔细端详着，虽然看起来不反感，但似乎也没有百分之百满意。

突然，老者指着黄太星的脸，用手做出了眼镜的手势。土著战士赶紧摘下黄太星的黄色眼镜，拿来给他。老者戴上银镜后，表情立刻亮了起来。

"老师，眼镜是不是凸透镜？"

"是的，我天生远视。"

"老者看起来年龄很大，可能是远视。戴上您的眼镜后能看得清楚了，所以他很喜欢。"

"哦，那就赶紧说是礼物吧，我还有备用眼镜。"

黄太星大声喊着"雷加洛"，老者听到后开怀大笑。这次，吴百根从装满调料的包里拿出了蜂蜜和糖。

"好吧，现在轮到我了。东海啊，'好吃'怎么说？"

"可能是'马沙拉普'。"

吴百根大声喊着"马沙拉普"，递出了瓶子。年轻的大块头做了手势，战士把瓶子递给了他。大块头用手指蘸了蘸瓶子里的糖，尝了一口便高兴地大叫："凯比根（朋友）。"

"百根啊，成功了！他说你是朋友。"

但是，中间的首领似乎并不高兴。现在已经没有东西可以给了，真是糟糕。

首领用手指了指黄太星说："迪拉达米特（黄色衣服）。"

"他好像是指老师的黄色衣服。"

"为什么总是我呀？"黄太星皱着眉头抱怨道。

"老师，快脱掉衣服和帽子。"孩子们一直催促着。

两名战士走过来，脱掉了黄太星的衣服。黄太星的身上只剩下了内衣裤。

首领迅速穿上黄太星的黄色衣服，头顶戴上了黄色的礼帽。一亮相，土著人欢呼起来。

首领似乎对自己不同寻常的独特装扮十分满意，脸上浮现出满足的笑容。看样子，他一开始就相中了黄太星的装扮。接着，首领

用手指着黄太星一行人大声呼喊："马法伊陶。"

其他人也跟着连声高呼："马法伊陶。"

千东海紧张地擦了擦身上的汗水，对黄太星说："多亏老师的黄色衣服，我们得救了。"

"多亏你能听懂菲律宾话，我们才活了下来。不论怎样，总之我已经威信扫地了。"

那天晚上，土著人招待朋友的欢迎庆典持续到了深夜。吴百根一直不停地啃着烤野猪。闵书妍、千东海和土著孩子们一起跳舞。幸运的是，黄太星拿回了衬衫和裤子，他手脚并用向老者说明眼镜的科学原理。

跟土著人的相遇能有这么圆满的结局，闵书妍终于松了一口气。逃离鹦鹉螺号的希望虽然破灭了，但是现在能回到潜水艇上也实属万幸了。想到这里，闵书妍又摇了摇头，难道真像千东海说的，要走遍全世界的海洋吗？如果是那样，还能回家吗？冒险会持续到什么时候呢？

光与透镜

凸透镜生火利用了光的折射原理，我们一起来了解一下光与透镜的知识吧。

光是直线传播的。

所以才会形成影子。

光的折射是什么呢？

1.光的性质

光是一个物理学名词，其本质是一种处于特定频段的光子流。在波动力学中，光以波的形式传播。虽然光在均匀的介质中沿直线传播，但是光从一种介质斜射入另一种介质时，传播方向会发生改变，从而在不同介质的交界处发生偏折的现象。例如，光从空气斜射入玻璃或水中时，就会发生折射现象。下面，我们来了解一下光有什么样的性质。

光的直射

在各均匀介质中，光沿直线传播，当遇到不透明的物体无法通过时，就会在物体后面形成一个阴暗区域，即物体的影子。利用影子的原理，我们可以做出各种形状的手影，玩有趣的影子游戏。

影子

光的折射

光从空气中斜射入玻璃或水中时，传播方向会发生改变，从而使光线在不同介质的交界处发生偏折的现象，这就是为什么物体在我们眼里是弯曲的。把吸管放进水里会发现吸管似乎弯曲了，进入浴池时能看到身体上浮的虚像，这些都是因为光的折射。

插入水中的棍子

光的反射

光的反射是指光在传播到不同物质时，在分界面上改变传播方向的现象。平行光线射到像镜子一样的光滑表面上时，反射光线也是平行的。因为平面镜将光反射到人的眼睛里，所以我们能够看到自己在平面镜中的虚像。

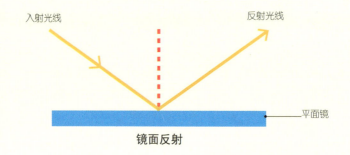

入射光线　　　　　　　　反射光线

平面镜

镜面反射

光的色彩

彩虹是太阳光射到半空中的水滴被折射及反射后形成的一种光学现象。光其实是一种波，波在一个振动周期内传播的距离叫作"波长"。彩虹由外圈至内圈分别呈现赤、橙、黄、绿、青、蓝、紫七种颜色，每种颜色的光都有其对应的波长，七种颜色是按照波长的顺序依次排列的。

彩虹

2.凸透镜和凹透镜

凸透镜是中央较厚、边缘较薄的透镜。光在透镜的两面经过两次折射后，会集中在轴上的一点，这个点就是凸透镜的焦点。由此可知，凸透镜有汇聚光线的作用。凸透镜不仅可以聚光，还有放大、成像的作用。但是当物体与凸透镜的距离大于一定距离时，物体会成倒立、缩小的像。与之相反，凹透镜的镜片中间薄、边缘厚，呈凹形。凹透镜对光有发散作用，所以凹透镜所成的像总是小于物体，不过相对视野较大。

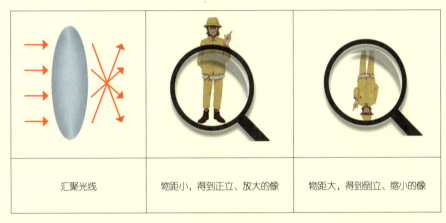

| 汇聚光线 | 物距小，得到正立、放大的像 | 物距大，得到倒立、缩小的像 |

使用凸透镜观察

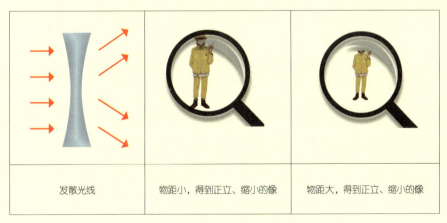

| 发散光线 | 物距小，得到正立、缩小的像 | 物距大，得到正立、缩小的像 |

使用凹透镜观察

3. 用透镜矫正视力

人的眼睛是球状的，其中充满透明的凝胶状物质，有一个聚焦用的晶状体。视觉成像是物体的反射光通过晶状体折射成像于视网膜上，再由视觉神经感知传给大脑，这样人就看到了物体。因为眼部异常，晶状体无法调节厚度，导致焦点落在视网膜前或视网膜后，无法正好落在视网膜上，就会看不清晰东西。这时，可以通过佩戴眼镜来矫正视力。透镜还被使用在望远镜、显微镜等光学仪器上，人们可以通过这些光学仪器看到远处的物体或观察细菌等微生物。

近视是屈光不正的一种，是指光线通过折射进入眼内之后，焦点落在视网膜前，不能落在视网膜上，导致视网膜上不能形成清晰的像。所以，近视的症状是看近处基本正常，看远处视物模糊。戴眼镜的学生，大部分戴的都是近视镜。近视人群可以通过佩戴凹透镜来矫正视力。近视镜的原理就是平行光线在经过镜片的折射后，使成像落在视网膜上，这样就可以使人恢复到正常的视力了。

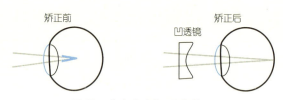

近视：焦点落在视网膜前

远视也是屈光不正的一种，是指光线通过折射进入眼内之后，焦点落在视网膜之后，不能够落在视网膜上，导致视网膜上不能形成清晰的像。上了年纪的人往往容易形成远视。远视人群可以通过佩戴凸透镜来矫正视力。老花镜利用了凸透镜的原理，即利用凸透镜的聚光作用，把物体的像前移到视网膜上。

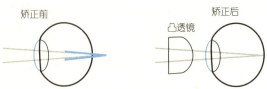

远视：焦点落在视网膜后

不能吃
儒艮

和土著人待了一天后，黄太星和孩子们顺利回到了鹦鹉螺号上。

尼摩船长认真地听了他们的冒险故事，然后给大家讲述了欧洲各国在新发现的土地上进行殖民统治，对土著人进行疯狂掠夺和杀戮的故事。在讲述过程中，他时而眉头紧锁、表情凝重，时而义愤填膺、握紧双拳。

"黄太星老师，中午11点左右海水将涨潮至最高水位，到时候鹦鹉螺号就开始新的冒险了。一会儿我会告诉你，鹦鹉螺号将去哪里。"尼摩船长把沏好的茶递给黄太星，"这是把海藻晒干制成的茶。大海包罗万象，真是无所不有。我还为您的学生们准备了温暖的牛奶。"

黄太星拿起装有海藻茶的杯子，先是闻了闻，然后把茶水吸进嘴里，细细品尝。

"太棒了。味道不亚于陆地上的茶。"黄太星感叹道。

"制作这款茶的关键是要把海藻里含有的盐分去掉。大家也尝尝牛奶吧。"

海上根本就不可能有牛奶。闵书妍和千东海正在犹豫之时，吴百根把盛满牛奶的大杯子端了起来。

"嗯，这牛奶真浓厚。"正说着，百根从腰间挂着的调料包里拿出一个瓶子，把佐料倒进白色的牛奶里。黏稠的黑色液体从瓶中流出，和牛奶混合在一起。

"嘻嘻，是黑糖，没有比黑糖拿铁更好喝的了。"吴百根用汤匙搅拌后品尝味道，他的表情顿时明朗起来，"果然，牛奶还是要喝甜的。你们喝吗？"

闵书妍和千东海都摇头，各自端起放在面前的牛奶送到嘴里，确实比以往喝过的牛奶都要香醇。

千东海问："尼摩船长，这是从鲸鱼身上挤出来的奶吗？"

"鲸鱼奶用来做奶酪。这是儒艮的奶。"

"脊索动物门、哺乳纲、海牛目、儒艮科、儒艮属。哺乳动物会喂奶养育自己的幼崽。"黄太星的职业病又犯了。

"您对这段时间的海洋探险还满意吗？"尼摩船长问。

马里亚纳海沟的深海探险令人惊叹，与土著人相遇的冒险经历也让人心惊肉跳，今后还会发生什么事情呢？

"我们经历了一次次惊险刺激的冒险之旅。难道还有其他的吗？"黄太星在回答的同时提出了问题。

"黄老师，大海浩瀚无垠，也许这次航行会是您一辈子没经历过的冒险。"

"哦，我预料不出船长您的计划。"

"鹦鹉螺号将往南行驶，现在在新几内亚附近。"

"南边吗？新几内亚南部是澳大利亚。"

尼摩船长摇了摇头。

"比澳大利亚还要遥远的话,难道是……"

闵书妍看向表情惊讶的黄太星,问:"老师,这次又要去哪里呢?"

"南……是南极。"黄太星的声音微微颤抖。

南极,由于极其严寒,是人类无法生存的极地。那里是被数百米深的冰川覆盖的大地。探险家们从鹦鹉螺号所在的时代往后推50年后,才成功完成南极探险。现在试图去探险,不一定会成功吧。

与闵书妍的担心不同,黄太星却兴奋不已地叫道:"能去南极真是太棒了,太了不起了。"

"在那之前,还要做一些工作。南极虽然也有动物,但是在那里很难获得充足的食物。新几内亚和澳大利亚大陆之间的海洋中,有多种多样的鱼类。我们先在那里准备好食物,然后再向南极出发。"

太阳西下之前,潜水艇浮出了海面。黄太星一行人为了观赏捕鱼,来到了甲板上。

远处,澳大利亚大陆像屏风一样竖立着。沿海水域中有无数海藻在翩翩起舞,螃蟹、龙虾等甲壳类动物和软体动物在海藻之间穿梭游动。

水手们缓缓升起了从鹦鹉螺号上降下的拖网。网上挂着各种海洋生物，有长着美丽的红色触角的海葵、海洋中的"活化石"鹦鹉螺、摆动着八条腿的章鱼、喷射出黑色墨汁的乌贼、一米长的鳕鱼和黑鲷等，捕获的生物林林总总、丰富多样。

黄太星走到正在采集分拣海货的船员旁边，举起一条长得像蛇的身体般细长的鱼说："哦，七鳃鳗是无颌动物亚门、圆口纲，可以说是鱼类的祖先吧。"

七鳃鳗分泌着滑溜溜的黏液，从黄太星的手中逃脱了。

"鳐鱼。"吴百根用手指了指圆圆的生物。鳐鱼或孔鳐通常是菱形身体，但被渔网缠住的鳐鱼比较接近圆形。它整体上呈棕色，身上有不规则的黑点。

"黄太星老师，如果是我的话，不会做出那样的行为。"尼摩船长制止了想要徒手抓鳐鱼的黄太星。

"尼摩船长，在我们国家把鳐鱼中的一种——孔鳐进行发酵后食用，味道是一流的。"

"不是那个意思。那是电鳐……"尼摩船长的话音未落，黄太星就惨叫了一声，甩掉了鳐鱼。随后，黄太星倒在地上，四肢颤抖。看样子遭到电鳐的电击后，他的身体出现了暂时性的麻痹。

即使在这种情况下，黄太星仍结结巴巴地说着话："软……软骨鱼纲、电鳐目、电鳐科。"见此情形，孩子们惊愕不已。

"老师，您没事吧？"

"书，书妍同学。请替我报仇。"

"怎么报仇？"

"我们把那家伙当晚饭吃了吧。"见闵书妍皱起眉头，吴百根握紧了拳头说，"老师，报仇的事儿就交给我吧。"

过了一会儿，鹦鹉螺号上的水手又开始下网捕捞。这次捞起了体长三米多的庞大生物。那是一只儒艮。

"啊，是儒艮！"孩子们叫道。

儒艮的嘴巴周围长着很多胡子，圆圆的两个鼻孔和小眼睛很是可爱。落网的儒艮扑棱着，像小狗一样嗷嗷地哀号着，仿佛在哀求大家放过自己。看着那样的儒艮，众人一时不知所措。千东海望着儒艮那惊恐万分的眼睛，坐立不安。

水手们拿起锋利的长矛要刺向儒艮，千东海迅速挡在了儒艮前面，然后向尼摩船长请求道："船长，求您放了儒艮吧。"

"你在说什么？儒艮是重要的食物。水手们光靠吃鱼是积攒不了力气的。"尼摩船长瞪着眼睛说。

"儒艮是高等生物，可以与人类交流。"

"不，儒艮只不过是像牛一样的动物。"尼摩船长斩钉截铁的态度令千东海踌躇了一会儿。

闵书妍代替千东海出马了。她说："船长，现在这样抓儒艮的话，它会灭绝的。"

"你说灭绝吗？儒艮在大海里多的是。为了长途航行，我们必须抓住这家伙，储存起来。"

小说中的19世纪60年代，鲸鱼、海豹、儒艮在海里面大量繁殖，数量众多。然而在21世纪，这些动物都已经成为濒危物种。书妍认真地解释了保护儒艮的缘由，但是尼摩船长不为所动，催促船员们抓住儒艮。

为了不让水手们伤害儒艮，孩子们在儒艮前站成一排。但是，水手们粗暴地推开他们，走向儒艮。

千东海把一切抛在脑后，逃命似的跑进了潜水艇。回到宿舍的他握紧拳头，浑身瑟瑟发抖。闵书妍和吴百根跟着进来，分别坐在了他的两边。

"东海啊，我们也觉得儒艮可怜。"闵书妍安慰着，吴百根则默默地抚摸着千东海的肩膀。

紧接着黄太星也跟了进来。一脸为难的他在孩子们坐着的沙发前踱来踱去，好不容易开了口："那个，所以……我是说，尼摩船长让我们去吃晚饭……听说想要去南极的话，从现在开始就要补充体力。"

听到黄太星的话，千东海猛然抬起头说："应该是儒艮肉派对吧！"

"东海同学，现在是在19世纪60年代的小说里。当时的人们，确实是捕杀鲸鱼来取油，吃儒艮肉来补充蛋白质的。"

"我知道。但是当时我和儒艮目光对视了，它哀求着让我救救它，我怎么吃得下呢？"千东海呜咽着问。

"把它想象成牛肉怎么样？ 我们也吃牛肉的啊。"这时，吴百根的肚子咕噜咕噜发出了声音。

千东海从沙发上站起来，一边走向自己的床铺，一边说："今天的晚餐，请不要把我算在内。"

"尼摩船长生气了，他认为这是对他的挑战。他说，如果今天用餐时间你们不出现的话，以后就不会有饭吃了。"黄太星补充道。

尼摩船长一定会说到做到。他不是已经发出了威胁说，在潜水艇内违反规则的人将不予原谅吗？但是，千东海还是固执己见，面对着墙躺了过去。

"东海同学，你也得考虑一下饥饿的朋友们啊。"听着黄太星的话，闵书妍也上了自己的床铺。

"我和东海的想法一样。儒艮肉，你们二位好好享受吧。"闵书妍甩下一句话。

"连书妍同学都这样，那怎么办？我们得一起说服东海啊。"黄太星显得很为难。

"到目前为止，我得到太多东海的帮助了，现在轮到我帮他了。"

站在旁边的吴百根也挠了挠头，说："老师，没办法，我们是一个团队的啊。"

"是吗？随便吧，我不知道以后会怎么样。"黄太星的声音听起来很刺耳。随后，他就"砰"的一声关上门出去了。

房间内一片寂静。

率先打破沉默的人是吴百根："有没有晚饭要吃盐的？"

听到吴百根的话，千东海和闵书妍对视一眼，接着都前仰后合地大笑起来。孩子们又哭又笑的，眼泪和鼻涕齐飞，大家活脱脱成了大花猫。

千东海非常感谢一直陪着自己的闵书妍和吴百根。他在学校里一直是"独行侠"，认为自己不需要朋友，但现在已经和朋友们打成一片了。

鹦鹉螺号夜以继日地向南行驶。再过几天就会到达寒冷的南极附近海域。

新一天的早晨来了，黄太星劝大家吃早饭，但孩子们都不理会他。尼摩船长也不做让步，他是一个铁石心肠且难以沟通的人，早餐和午餐吃的都是儒艮肉。

黄太星虽然并不懂得孩子们的心思，但是为了安全，他认为应该遵照约定听从尼摩船长的安排，将说服孩子们当作是自己应尽的责任。

"孩子们，海水温度已经降到了5℃，我们已经靠近南极了，所以你们适可而止吧。有力气才能踏上南极大陆啊。东海同学，你读过这本小说，应该很清楚尼摩船长的性格啊。"

千东海无力地反击道："您研究海洋生物，所以一定知道。海洋哺乳动物具有可以与人类交流的高智商。"

"话虽如此……"

"黄太星老师，请您去说服尼摩船长吧。"

"唉，知道了。百根，你没事吧？"

吴百根饿得头昏眼花，但是笑着说："我不能背叛友情，趁现在减个肥咯。"

"我高度评价你的这种积极想法。尼摩船长说，在南极这片海域可以看到鲸鱼，不去剧场看看吗？"

"看完鲸鱼后，为了得到新鲜的鱼肉会去捕杀它吧。"千东海说。

闵书妍代表孩子们和黄太星一起去了海洋剧场。尼摩船长在那里，正抱着胳膊注视着大海。

"尼摩船长，鲸鱼出现了吗？"

　　尼摩船长瞥了一眼黄太星的后面，想确认一下千东海是否收起任性、放下脾气，一起跟着出来。

　　"我没脸见您了，船长。"黄太星惶恐不安地站在那里。

　　"可恶的家伙，竟敢跟我示威。"尼摩船长交叉在胸前的手臂，瞬间充满了力量。他看起来非常恼火。

　　大概过去了一个小时吧，远处出现了一头巨大的鲸鱼。

　　尼摩船长指了指鲸鱼说："黄太星老师，您真幸运。那是蓝鲸，看起来能有20米长了。"

　　这是千真万确的。巨大的蓝鲸张开血盆大口扑向数百万条的沙丁鱼群，一口将它们吞了下去。

　　"哺乳纲、偶蹄目、须鲸科、须鲸属，地球上现存的已知的体积最大的动物。眼前这惊人的生物，仅心脏就重达1吨。"

　　蓝鲸虽然体形硕大，但是身体敏捷地转换行进方向，避开了潜水艇。它的长相很奇特，背部是暗灰色的，下巴下面布满100多条褶皱，一直延伸到脐部。不仅如此，它嘴里还有几百个鲸须板。只要它张开大口游弋于沙丁鱼或鱿鱼群中，它嘴里就会被塞得满满当当的，同时大量的海水也会被一起吞入。它嘴巴一闭，使海水从须缝中排出，并用鲸须板滤下鱼或软体动物，吞而食之。

　　"鲸鱼肉是比牛肉更优质的肉。另外，从一头成年鲸鱼体内还可以提炼出约7.5万斤的油。"

虽然不愿意接受这个事实，但是尼摩船长说得没错。19世纪60年代有很多鲸鱼，很多人都靠捕鲸为生。尼摩船长想必也会捕杀那头蓝鲸吧。

"船长，要如何捕猎鲸鱼呢？"

"你为什么认为我会捕杀那条鲸鱼呢？"

"因为那样才能获得肉和油，才有鲸鱼油做奶酪啊。"

"我不会捕杀鲸鱼的，你们好像对我有所误解。"尼摩船长把手放在了潜水艇的舷窗上，好像隔着玻璃去抚摸那只蓝鲸一样。

"我爱海洋，同样我也热爱海洋生物。我们的原则是，为了维持生存，只捕杀最低限度的海洋生物。鹦鹉螺号上没有能够储存大鲸鱼油的罐子。"

"那么，我们吃的鲸鱼肉是什么呢？"

"是小海豚或者抹香鲸的肉。那些也只是根据需要才捕杀的。"尼摩船长解释得如此详细，是因为他把孩子们都放在了心上，他希望孩子们理解捕杀儒艮也是为了得到必要的肉类。

"我理解您，也请您谅解一下孩子们。在我生活的时代，鲸鱼等海洋哺乳动物濒临灭绝。孩子们总是被教育说，要保护濒临灭绝的生物。"

尼摩船长点点头。黄太星从尼摩船长的眼睛中，感受到了他对大海的深厚感情。

"那帮家伙又来了。"尼摩船长温柔的目光，一瞬间变得犀利无比。远处，有一群鲸鱼正向这里靠近。

黄太星惊讶地喊道："尼摩船长，有数十头以上的抹香鲸。"

"抹香鲸通常会成群结队地行动。它们是非常凶狠的食肉动物。大王乌贼对于抹香鲸群来说，也只不过是零食而已。它们会为了寻求乐趣而猎杀其他鲸鱼。"尼摩船长冷冷地说。

抹香鲸的长相很特别，方形的头部占据了大部分身躯，下颌短小且狭窄，颌面上长有很多圆锥状的牙齿。乒乓球一样的眼睛长在裂开的嘴角上方。小小的胸鳍看起来十分可爱，但却掩盖不了它凶狠残暴的性格。

"那群抹香鲸正试图猎杀蓝鲸。黄老师，我会阻止它们伤害蓝鲸。"

听了尼摩船长的话，黄太星使劲儿点了点头："这是个好主意，能赢得胜利吧？"

"即便它们有强有力的牙齿，也无法穿透鹦鹉螺号的铁甲。"尼摩船长大声叫着大副，大副快速跑来，等待船长下达命令。

尼摩船长说："从现在开始，鹦鹉螺号准备攻击抹香鲸。"

接到命令的大副敬了一个有力的军礼，便转身离开。还没走出房门，尼摩船长喊住了大副，并问黄太星："黄老师，在你们的时代，抹香鲸也是濒危物种吗？"

"是的，船长。人们从抹香鲸油中提炼化妆品原料，还为了从其粪便中获取'龙涎香'这种高级香水的原料，肆意捕杀它们。"

"大副，我再次命令你。拯救蓝鲸，但是不要杀死抹香鲸，把它们驱赶走就可以了。"

鹦鹉螺号按照船长的命令，转动螺旋桨，向抹香鲸群冲去。抹香鲸们看到长达50米的鹦鹉螺号驶来，暂时躲避了一下，随后用它们强大的尾鳍猛击潜水艇。尽管受到冲击，但是鹦鹉螺号毫发无损。潜水艇的螺旋桨上装有尖矛，如果加快速度攻击，可能会撕裂抹香鲸，所以鹦鹉螺号只能降低速度，仅仅发出威胁。

抹香鲸们发出口哨般的叫声，互相传递着信号。随后，几头抹香鲸同时冲向了鹦鹉螺号。它们用尾巴和躯干撞击潜水艇，用牙齿去撕咬。抹香鲸群的凶猛攻击持续了一个小时左右，鹦鹉螺号摇晃得很厉害。

"正如黄太星老师所看到的，它们无所畏惧、性格凶悍，看来伤亡是不可避免的。"船长再次呼叫大副，下令将引擎开足马力，鹦鹉螺号的速度提高到了40节。一只抹香鲸没来得及躲避开，躯干上被插入了长矛，大海一下子被染成了红色。抹香鲸群惊恐得发出超声波互相交流后，消失在茫茫大海里。这场战斗，以鹦鹉螺号的胜利告终。

黄太星打开握紧的拳头，手心里已经攥满了汗水。就在那时，像柱子一样昂然挺立的尼摩船长，捂着肚子弯下腰，随即扑通一声倒在地上。

"船长，你怎么了？哪里不舒服吗？"

"给孩子们带去食物吧。请您替我解释一下我们捕猎的原因。刚才造成抹香鲸的伤亡，那也是无可奈何的事情。当时不阻止的话，会有更多的牺牲。"

"我看到了，我的眼睛看得很清楚，我会好好向孩子们解释，您有多么热爱这片大海。"

大副带来了捷报。当看到倒地的船长，便冲过去扶起他，然后搀扶着走了。

一直到第二天下午，大家也没有看到尼摩船长的影子。

听完尼摩船长的故事，孩子们终于结束了绝食斗争。

去看望尼摩船长的黄太星回来时，他们还表示了关切："尼摩船长怎么样了？"

"嗯，大概是因为压力引起的肠炎吧。"

听了黄太星的回答，千东海说："发烧的话吃退烧药，腹泻的话吃止泻药。如果是炎症的话，吃抗生素不就行了。"

黄太星把手搭在了千东海的肩膀上，说："不幸的是，19世纪60年代并没有这样的东西，患者只能自己克服。"

千东海深深地低下了头，感觉这一切都是自己导致的。黄太星一边宽慰千东海，一边走了出去："不是你的错。请不要太担心。"

闵书妍在尽力安慰千东海，但是他一直沉默不语。吴百根好像有了好主意，弹了一下手指说："让我们为尼摩船长做一些特别的食物吧。"

"什么食物？"

"韩国独特的养生食品——海带汤和牛骨汤啊。"

闵书妍想起了妈妈煮的海带汤，喝完那个后，相信尼摩船长很快会康复的。

"百根，你会煮海带汤吗？"

"那还用说。只要有我调料瓶里的香油和喜马拉雅盐，我就可以煮出最棒的海带汤。"

"哪里能弄来牛骨啊？"

"上次我去厨房做饭的时候，看到了储藏库里有带骨头的鲸鱼肉，我们用那个煮吧。"

三个孩子向厨师借了厨房，开始煮汤。先是用香油炒熟海带和海龟肉，然后倒入清水煮至沸腾，最后用喜马拉雅盐调个味，果然是不折不扣的海带汤了。同时，把骨肉相连的鲸鱼肉也放在大锅里炖煮，据以往的经验，煮得越久会越好吃。

　　闻到海带汤的味道，船员们涌向餐厅，大家都争着要尝一尝。尝过海带汤的水手无不赞叹，他们对吴百根竖起大拇指。

　　闵书妍、千东海和吴百根三人端着海带汤，站在了尼摩船长的房前，小心翼翼地敲门进去。看到三人后，躺在床上的尼摩船长吃力地撑起了半边身体。

　　尼摩船长在生病期间似乎瘦了点。

　　吴百根把扭扭捏捏的千东海推到了船长面前。

　　千东海走近病床，挠着头说：“船长，这是韩国独特的滋补品，请尝尝吧。”

　　尼摩船长一言不发地接过了海带汤。闵书妍走到船长身边，把勺子递到他的手里。尼摩船长喝了一口汤，之后闭上眼睛回味了一下。他对孩子们笑了笑，随即把一碗海带汤喝得一干二净。

　　孩子们静静地等着尼摩船长吃完。

　　“竟然能用海带做出这种美味，朝鲜的饮食真好啊。”

　　“晚上我们会给您拿来牛骨汤。”吴百根咧嘴笑着说。

　　“好吧，谢谢了。”

　　“海带汤把船长的心滋润得像海带一样柔软了吗？”尼摩船长竟然会说感谢，令闵书妍大吃一惊。

　　尼摩船长因为厌恶贪婪自私的人类，所以驾驶鹦鹉螺号躲进了大海。他那冰冷僵硬的心，似乎被孩子们融化了一些。

海洋哺乳动物

用肺呼吸，胎生，幼崽由母体分泌的乳汁喂养长大的动物，被称为"哺乳动物"。大海里面，也生存着哺乳动物。

鲸类和海豹类属于海洋哺乳动物。

海洋哺乳动物为了维持体温，身上都有厚厚的脂肪层。

人类为了榨取它们身上的油而大肆捕杀，导致它们濒临灭绝。

1.生活在海洋中的哺乳动物

　　海洋哺乳动物除鲸鱼等偶蹄目外，还包括鳍足目、海牛目，共三大类。鳍足目现存三科，即海狮科、海豹科及海象科。它们是胎生的，幼崽由母体分泌的乳汁喂养长大，后鳍肢生于体后和尾相连，前肢退化为鳍状。它们像人一样用肺呼吸，因肌肉储氧能力较强，可以在海中持续潜水20分钟以上。

　　儒艮的数量稀少，繁殖速度较慢，被列为濒危物种之一，是大型海洋草食性哺乳动物，属于海牛目。现存4种海牛目动物，即海牛科的3种海牛与儒艮科的儒艮。儒艮是唯一一种儒艮科的动物，大多分布于印度—太平洋海域海草茂密的区域，会定期浮出水面呼吸，远远望去形似人类，所以有人认为儒艮就是"美人鱼"。

海豹

海狮

海象

儒艮

2.鲸鱼不是鱼

　　鲸鱼生活在海洋里，曾被误认为是鱼类，但其实它们是像人类一样的哺乳动物。哺乳动物是胎生的，用肺呼吸，幼崽由母体分泌的乳汁喂养长大。鲸鱼能在肺部将氧气和二氧化碳进行交换，每隔一段时间会将鼻孔露出水面置换氧气，呼吸一次可以在海面下停留大约两个小时。为什么可以坚持那么久呢？那是因为鲸鱼的肌肉储氧能力较强。与之相反，鲨鱼虽然看起来与鲸鱼相似，但它不是哺乳类而是鱼类。大多数鱼类用鳃呼吸，所以可以终年生活在水中。不仅如此，鱼类是卵生繁殖，而不像哺乳类一样通过胎生繁殖。还有，鱼类的尾鳍呈垂直状，包括鲸鱼在内的海洋哺乳动物的尾鳍则呈水平状。

鲸鱼

鲨鱼

3.濒临灭绝的鲸鱼

人类捕鲸的历史由来已久，青铜时代的岩画上就可以看到捕鲸的画面。早期捕鲸的目的是为了得到食物，因为鲸鱼体型巨大，捕杀一头鲸鱼就可以获得大量的鲸肉。

后来，为了获得鲸油，人们肆无忌惮地捕杀鲸鱼。鲸鱼有着极厚的脂肪层，所以油脂丰富。在石油化工产业兴起之前，人类从鲸鱼身上榨取了不计其数的鱼油。鲸油不仅是优质的照明燃料，而且作为蜡烛、肥皂、润滑油、皮肤美容油等的原材料被广泛使用。而这，也导致人类的捕鲸活动越发猖獗。世界上体积最大的动物——蓝鲸，长可达30米以上，重量超过了100吨，身上有数量惊人的油脂。据说，曾有一段时间人们捕获了多达35万头的蓝鲸，他们只取走鲸油，鲸肉和鲸骨经常像垃圾一样被扔回海里。人类对鲸鱼的榨取，一度达到了敲骨吸髓的程度，导致了鲸鱼的个体数量急剧减少，甚至濒临灭绝。

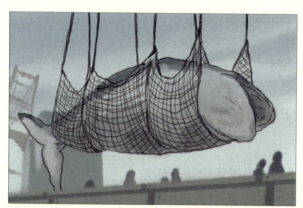

捕鲸

为了防止对所有种类鲸鱼的过度捕杀，1946年成立了"国际捕鲸委员会"。该委员会致力于限制捕杀鲸鱼和维护鲸群的数量，但是捕鲸行为依旧没有得到控制。从1986年开始，该组织规定全面禁止商业捕鲸行为。

极寒之地

黄太星带着孩子们登上了潜水艇甲板，看到海面上到处漂浮着冰山。尼摩船长拿着六分仪，正在测量太阳高度。

"尼摩船长，看到冰山，感觉似乎快到南极了。"

"这里是南纬67度40分，南极点的纬度是90度。现在已经进入南极圈了，我们会往罗斯冰架方向行进。我为你们准备了毛皮大衣和毛皮鞋，下次穿着出来吧。我们补充完氧气后，就会出发。"尼摩船长说完话，便进入潜水艇。

闵书妍指着一座漂远的冰山说："老师，冰山越来越多，会不会有危险呢？"

"书妍同学，你忘了鹦鹉螺号是潜水艇了吗？"黄太星反问道。

即使冰山升得再高，对于鹦鹉螺号来说也不成问题。冰山露出水面的部分只有十分之一，即使它的水下高度有1000米也无大碍，大家乘坐的可是去过马里亚纳海沟的鹦鹉螺号啊！

此时地面上接近零下10℃，不过海洋里却是4℃，一对比，让人感到很温暖。在大家熟睡之际，鹦鹉螺号避开浮冰，继续前往南极。再醒来时，潜水艇里吹来了又冷又新鲜的海风。之所以如此，是因为鹦鹉螺号浮出水面并打开了舱盖。

"是南极大陆到了，我们出去看看吧！"黄太星和孩子们穿上了船长准备的衣物。

走出舱门后，他们看到了远处巨大的蓝色冰墙。常年被冰雪覆盖的南极大陆的面积是朝鲜半岛的62倍，比中国还要大。

不远处传来了震耳欲聋的声音，那是蓝色冰川崩裂坍塌的声音。崩塌的冰川扬起白色的泡沫，滑入大海之中。数千万年累积而成的冰川，现在将变为浮冰，在大海中四处漂流。

尼摩船长看着眼前的场景，脸上浮现出敬畏的神情。闵书妍在感叹之余，心中五味杂陈，因为150年后的地球，由于全球气候变暖导致冰川融化，人类的生存已受到了严重威胁。

"好，现在请踏上南极的土地。冰墙坍塌下来会很危险，我们要乘船到低处登陆。"尼摩船长发出了指令。

水手们把小船从潜水艇上搬了下来。尼摩船长和黄太星一行人以及两名水手一同登上了船。训练有素的水手划动着船桨，不知不觉就划出了很远，小船一眨眼就到达了泥土与冰雪混合的南极大陆。

黄太星对尼摩船长说："您先下船吧。最先踏上南极土地的人一定得是船长您啊。"

尼摩船长张开紧闭的嘴唇："感谢您给我的机会。"

尼摩船长在南极大陆迈出第一步的样子，着实令人感动。他的心脏想必也像孩子们的那样，有力地扑通扑通跳动着吧。他眼中满含感动，环顾了一下漂浮着冰山的大洋说："来，黄

太星老师也快下来吧。"

黄太星和孩子们手拉着手，一起踏上了南极的大地。万年冰川的寒冷气息，沿着脚尖一直贯穿到了心脏。

"哇，南极的冰好像异常寒冷啊。"吴百根拿起一小块冰放进嘴里，"嘎吱嘎吱"地嚼了起来。闵书妍和千东海也不甘示弱，拿起冰块嚼起来。大家口中都冒出了白色的雾气。

尼摩船长看着便携式温度计说："现在让我们走进南极大陆看看吧。万幸的是，现在是零下 7℃，情况还不算糟。"

水手从小船上取出一根长绳子，依次绑在了大家的腰上。尼摩船长排在最前面，接着是三个孩子，黄太星排在了最后。船长说，这样用绳子连接，才能保证大家的安全。水手们在小船周围搭了一个营房，在原处等待大家归来。

一行人跟着尼摩船长慢慢移动。为了不滑倒，每个人都把力量集中在腿部，缓慢地移动着自己的重心。大概走了一千米，他们看到了海燕和信天翁在茫茫大海上自由翱翔。

不久后，大家爬上坡地，看到了数百只帝企鹅。

"鸟纲、企鹅目、企鹅科、王企鹅属。这是企鹅中最大的种类。"

帝企鹅的身高在1.2米左右，背部是黑色的，腹部是乳白色的，看起来像是身穿着黑色的燕尾服。长着浅灰白色绒毛的企

鹅宝宝们，正在用喙啄来啄去地玩耍。

黑色羽毛的南极贼鸥在天空中盘旋，它们无时无刻不在盯着小企鹅。企鹅爸爸们把小企鹅夹在短短的双脚之间，左摇右晃地驱赶着南极贼鸥。

云层越来越厚，周围开始逐渐变暗，天气转阴了。

帝企鹅们突然大叫起来，挤作一团。它们集成大群相依取暖时，成年个体会交换位置，轮流从群体外围到中心，周而复始地缓慢移动。这是为了在南极严苛的环境中生存下来而采用的策略，一旦天气恶劣，它们就会抱团取暖。

尼摩船长一行人在白色冰原上不停地走着。太阳横跨在地平线上，过了很久依然没有落下。这正是太阳永不落的白夜现象。

爬了一个小时的坡地，不远处看到一群海豹躺在海岸和浮冰上。离大家最近的海豹抬起了头，漫不经心地看着人类。海豹那没有耳廓的圆溜溜的脑袋，看起来十分可爱。

"海狗与海豹可以通过后腿来区分。海狗的后肢可弯向前方，海豹的后肢不能弯曲。"黄太星真是一刻也不放弃教学啊！

尼摩船长停下脚步说："好，我们退回去吧。海豹看起来很可爱，但是一旦发现有人侵犯它们的领地，就会变得很凶猛。"

"没错，海豹是狮子、老虎一样的猛兽。"黄太星附和道。

"再向前走会有危险。今天就到此为止吧。"尼摩船长从

包里拿出旗子，插到了隆起的土丘上。金黄色的旗帜上写着字母"N"，不知道是象征鹦鹉螺号，还是指尼摩船长自己。

尼摩船长看着被暴风雪遮蔽的太阳，大声喊道："再见了，南极。不久的将来，我一定会征服南极点。太阳啊，你等着我。"

暴风雪来得更加猛烈了。现在，不得不担心回去的路了。

黄太星走近尼摩船长说道："尼摩船长，太糟糕了。我们已经走了5千米，如果暴风雪一直持续下去，我们也许会被冻死在路上。"

见孩子们冻得瑟瑟发抖，尼摩船长从包里拿出了一张油亮的大纸，说："我们爬上低矮的山坡。如果铺上这个滑下去的话，能够快速滑行4千米左右。"

"啊，那就是油纸雪橇咯。真是个好主意。"

大家腰间系着绳子排成一列，依次是尼摩船长、千东海、闵书妍、吴百根和黄太星。

千东海问："船长，大家一起坐一个滑下去不是更好吗？"

"南极与其他地方不同。聚则皆死，分散则生。好了，准备好就出发！"尼摩船长的口气不容置疑。

随着尼摩船长的信号，纸雪橇顺势滑了下去。由于暴风雪太过猛烈，完全看不到前方。这是一场恐怖的雪橇体验！纸雪橇

滑行快如疾风闪电，大约10分钟就抵达了看见帝企鹅的地方。

但是困难并没有结束。当大家以为快到了，稍稍放宽心的时候，发生了意外——千东海站着的地方塌陷下去了，遇到了冰隙。

在南极的冰川之下，有着像山谷一样的巨大空洞。冰川上脆弱的冰体在表面发生碎裂，形成了很深的裂口，即冰隙。冰隙深不可测，下面是万丈深渊。一旦坠入，几乎毫无生还的希望。幸好，千东海系着安全绳。

"坚持住。"尼摩船长高声呼喊。

尼摩船长的命令并不是针对千东海的，而是向对面一侧的人发出的。坚韧的尼摩船长，腿像插在冰上一样稳如磐石，但是其他三个人却好不容易才抓住绳子。

"现在怎么办？"黄太星叫道。

"继续向前走！如果冰隙的宽度逐渐缩小了，东海就可以顺着冰壁爬上来。但是，大家要一步一步慢慢移动。一旦滑倒的话，都会被卷进冰隙之中。"

"我知道了。东海，你没事吧？"

绑在腰间的绳索卡在了千东海的腋下，绳子的压迫使他感到很痛苦，但是他咬紧牙关喊道："没关系。"

闵书妍不由得哽咽起来："东海，别担心！我们一定会把

你救出来的。"

千东海好像在说着什么，但是完全听不见。

尼摩船长用强壮的胳膊拉着绳子喊道："跟着我的口令向前移动。一、二······"

在尼摩船长的指挥下，千东海悬在空中的身体一点点开始向前移动。宽度5米左右的冰隙，逐渐缩小了一些。过了大约10分钟，宽度减小到1.5米左右。

千东海喊道："尼摩船长，我想现在可以上去了。"

"千万不要掉以轻心，等脚碰触到冰川时你再说话。"

千东海悬着的身躯一点一点地靠近冰川，再往前一点儿脚就要碰到冰壁了。

"现在我的脚碰到了。"千东海用尽全力把右脚踏在冰壁上。但是他瞬间滑倒，再次回到了悬空的状态，同时，黄太星那边的绳子被猛地拉扯了一下。

经过几次惊险的尝试，千东海终于爬上来了。闵书妍和吴百根穿过暴风雪跑来，一把抱住了千东海。黄太星也跑来上下打量着千东海的脸和身体，看看有没有受伤的地方。在确认千东海安然无恙后，大家松了一口气。吴百根的脸颊上，冻结的泪水像珍珠一样闪烁着。

"朋友们，谢谢了！老师，谢谢！"千东海大声表示感谢。

尼摩船长的身影穿透暴风雪，逐渐变得清晰起来。接着，他的声音也穿透过来："大家都辛苦了，我们活下来了。走吧，前面就是小船。"

千东海向尼摩船长深深鞠了一躬："尼摩船长，谢谢您救了我。"

"你们不是也曾经救过我嘛。"尼摩船长一脸慈祥地说道。这种表情，大家还是第一次见到，同时也感觉到了深藏在他心底的真诚。他分明是个温暖的男子汉！

在地球最南端——酷寒的南极大陆，连细菌都不能存活的极端低温世界，黄太星一行人的探险之旅，就这样落下了帷幕。

"现在感觉潜水艇像家一样舒适，床本来就像是自己的一样。逐渐适应这里的生活，留在鹦鹉螺号上的话……"想到这里，闵书妍用力地摇了摇头，"不！一定要回去。"

虽然风雪渐强，海浪很高，但是深海里却平静无比。鹦鹉螺号的螺旋桨，再次快速旋转起来。

这艘潜水艇，将驶向何方呢？

南极是大陆，北极是海洋

南极和北极看起来很相似，但是二者之间存在着诸多差异。我们来了解一下它们的不同吧。

极地地区不都是冰川吗？

听说北极是海洋，南极是大陆。

呃，不过这两个地方都太冷了。

1.既相似又不同的南北极

　　南极是四周被海洋围绕着的大陆，北极是被亚欧大陆和北美大陆环抱着的巨大海洋。南北极常年白雪皑皑，冰川广布，气候寒冷。由于极寒的天气，大部分生物都无法在两极生存。倘若要从南北两极中选出一个更冷的地方，那一定非南极莫属。南极大陆厚厚的冰盖反射力极强，阻挡阳光的本领明显大于北极，所以温度更低。另外，南极大陆虽然被海洋环抱，但是内部受海洋影响较小；北极地区受到大西洋暖流的影响，自然比南极更为"温暖"。

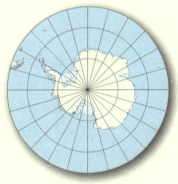

被海洋围绕着的大陆——南极

被大陆环抱着的大洋——北极

2.冰川

冰川

　　极地地区气温很低，积雪终年不化，经过多年累积和压实，重新结晶、再冻结等，则形成了冰川。雪经过一系列的变化成为冰川，至少需要300年的时间。北极冰盖主要分布于格陵兰岛和北冰洋附近，而整个南极大陆则被一个巨大的冰盖所覆盖。南极冰盖的平均厚度约1900米，冰盖表面相对平坦。

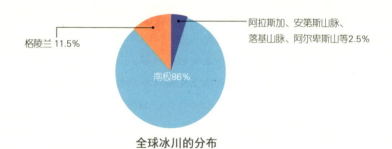

全球冰川的分布

　　南北两极的冰川对地球生态系统产生着重要影响。全球气候变暖，温室效应横行，冰川也会因此逐渐融化。冰川融化导致海平面升高，会对沿海地区带来毁灭性的危害。冰川可以反射大量的太阳光，当南北极的冰层完全融化后，太阳照射地球的光就不再被反射回去，而被海洋直接吸收，会导致海洋的水面温度升高，造成全球性的水暖。随着地球温度上升，海水的蒸发量也会增加，从而导致洪水等自然灾害频发，威胁地球上的生物生存。

3.极地陷阱——冰隙

  冰隙是冰川或冰河表面所见呈楔状近乎垂直的裂隙，有些宽几十米，深度可达百米以上。冰隙是由于冰川流动时所产生的力使脆弱的冰体在表面发生碎裂所致的。肉眼能够看得到的冰隙，人们可以小心躲避。但是有些冰隙会被积雪堆满而无法分辨，叫暗冰隙，对于研究者和探险家来说是十分危险的陷阱。极地探险家们出发前都会提前对冰隙的构造和层理等情况进行学习，并配备营救装备以防不测。如果遇到冰隙，探险家们会用绳子将彼此拴在一起移动，这样一旦有人不小心坠入冰隙，另一个人还能在地面上拉住绳子，也就意味着还有一线生机。

冰隙

4.南极温泉

  你知道南极也有温泉吗？南极的迪塞普逊岛是因火山爆发而形成的马蹄形的火山岛一，岛内也因此形成了天然温泉。温泉周围冰雪消融殆尽，取而代之的是滚滚的热气。

温泉浴

5.生活在极地

爱斯基摩人，又称因纽特人。他们一直以来生活在北冰洋沿岸，能够在北极的酷寒中生存。如今他们已逐渐融入现代社会，生活也变得越来越现代化。从前，爱斯基摩人筑造名为"依格鲁"的冰屋居住，狗拉雪橇是他们重要的交通出行方式。

爱斯基摩人

此外，极地还生存着其他动物。

北极熊是北极最强大的捕食者。它体大而粗壮，体长2—2.5米，体重可达500千克。北极熊生活在北冰洋附近有浮冰的海域，主要猎食海豹。因全球变暖导致北冰洋的浮冰融化，北极熊能够获得的海豹数量也大为减少，生存面临严峻考验。

北极熊

大部分生物都无法在天寒地冻的南极极地生活，但是企鹅能在其中生活、繁殖。大家在电视上，应该可以看到帝企鹅把企鹅蛋放在脚背上孵化的画面。

帝企鹅

南极洲水域生活着一种磷虾，即南极磷虾。磷虾作为鲸鱼和其他鱼类的食物，在南极生态系统中起着至关重要的作用。最近，以南极磷虾为原料制作的磷虾油大受人们欢迎。了解后会发现，其实那是在抢夺鲸鱼和其他南极生物的食物。人类只从自己的角度出发，没有考虑海洋生态环境破坏的结果会导致什么情况，这是值得反思的问题。

磷虾

极地探险家

罗阿德·阿蒙森与南极点

　　有很多勇敢的探险家都挑战过极地探险。虽然每个人都想成为第一个到达"北极点""南极点"的人，但是探索极地绝非易事。

　　1909年4月6日，美国探险家罗伯特·皮里成功到达北极点，成为世界上第一个到达北极的人。但是，一直有人质疑这件事情的真实性。

　　第一位到达南极点的人是挪威探险家罗阿德·阿蒙森。1911年12月14日，阿蒙森带领的探险队把挪威国旗插在了南极点上。同一时期，英国人斯科特也率领一支装备精良的探险队向南极点进军。斯科特探险队比挪威团队晚到了1个月零5天，成为历史上第二个到达南极点的团队。然而不幸的是，斯科特探险队在返回途中遇到了猛烈的暴风雪，5个人全部遇难。

极地科研基地

　　冰川是地球的年轮，里面刻满了时光的奥秘。人类可以从冰川堆积物中看到地球的历史，了解地球环境的发展演变过程。人类还从冰川中发现了陨石坠落的痕迹，通过一系列研究也许可以探秘地球最初时的样子以及太阳系行星诞生的秘密。可是，极地冰川因全球气温变暖正在逐渐消融。

当前，极地科考站对极地冰川的变化趋势进行研究，进而观察地球气候变化所带来的影响。韩国在南北极都建立了自己的研究基地。韩国的北极茶山基地是世界上第12个建立的极地科考站，主要对北极的气象、气候和生态系统进行研究考察。

　　随着科学技术的发展，南极不再是人类无法踏足的遥远之地。世界各国考察极地的热度与日俱增，都在主张着各自的权利。为了防止国家之间的矛盾与冲突，1959年世界各国签署了《南极条约》，并约定禁止在南极地区进行一切具有军事性质的活动，南极洲永远继续专用于和平目的，并促进在南极洲地区进行科学考察的自由。

　　韩国1986年加入了《南极条约》，1988年在南极设立了"世宗科研基地"，其任务是定期收集数据，跟踪自然环境的变化。2014年，韩国又建立了另一座南极科考站"张保皋科研基地"。韩国每年向张保皋站派遣大量的研究人员，对南极的大气、海洋、生物进行研究。

迈尔斯特伦大漩涡

南极冒险结束后，鹦鹉螺号上恢复了往日的宁静。室内因为调整了照明度，比平时要昏暗一些。好久不见尼摩船长了，黄太星和孩子们有时甚至觉得，他是不是在故意躲避大家。

一天晚上，闵书妍一脸严肃地对黄太星说："老师，已经过了一周了，我们都不知要去哪里。"

"的确如此。我想问问尼摩船长，但是也见不到他啊。"

"我们不能就这样听天由命，必须做出决断了。"

"什么决断？"黄太星看向闵书妍。

"该回家了。"闵书妍坚定地说。

吴百根听了点点头，他那恳切的目光里，透露着思乡之情。千东海也一样。转眼间，离开家已经两个月了，谁不想家呢？

黄太星似乎在整理心情、调整情绪，过了半天才开口说："这段时间的海洋冒险，令我无比兴奋。我亲眼看到了只在照片中见过的众多生物，我还想继续探索不曾去过的海洋世界。在这里，居然看见了马里亚纳海沟的大王乌贼和南极的帝企鹅，这真是一段如梦似幻的奇妙经历啊。一直以来，我只在书本上学习，这次我意识到了亲身经历的重要性。但是正如你们所说，现在差不多应该回去了。如果能再回到韩国的土地上，我要走遍全国……"

"那么，老师，现在您就去找尼摩船长吧。这时候是就寝

时间，他应该在房间。"闵书妍催促黄太星。

黄太星看了看钟表，已经是九点半了。于是，他揪了揪头发，勉强从座位上站了起来，离开房间，径直走向船长的住处。

黄太星去尼摩船长房间的第二天清晨，鹦鹉螺号发出了刺耳的警笛声。这是在告知大家，出现了紧急情况。

闵书妍吓得猛然爬起来，快速走了出去。走廊天花板上的红色信号灯连连闪烁，船员们慌忙跑动，潜水艇的动向也不同寻常……一定是发生了什么事情。

"孩子们，快准备好！"黄太星把放在书桌深处的Q徽章装进了口袋，对孩子们喊道。

"出什么事情了吗？"

"台风来了。"

"如果是台风的话，鹦鹉螺号不是应该赶快潜入海底吗？为什么不潜水呢？"

"我们要进入台风眼，那里有迈尔斯特伦大漩涡。"

闵书妍想起了千东海说过的话，迈尔斯特伦大漩涡就是阿罗纳克斯教授一行人乘着小船逃离的巨大海洋漩涡。

潜水艇摇晃得很厉害。窗外狂风呼啸，大雨如注，掀起一排排巨浪。过了一会儿，猛烈摇晃的潜水艇一下子平静下来。

潜水艇顺利进入了台风眼。

"黄太星老师，请您到外面欣赏一下台风眼的风景吧。"有船员喊道。

大家走到甲板上，看到巨大的积雨云墙环绕在潜水艇的四周。眼前的景象令人震撼，孩子们看得目瞪口呆。黄太星急忙把救生衣给孩子们穿上。

机灵的闵书妍看出了端倪，问道："老师，我们也像阿罗纳克斯教授一行人一样，从迈尔斯特伦大漩涡逃离出去，是吗？"

"是这样的。或许我们再也回不到韩国了。"

闵书妍的眼神里透着一丝悲凉，她点了点头。终于到时候了，即使冒着生命危险也要试一试。

被这突如其来的事情吓到的千东海问："尼摩船长呢？要向船长做最后的告别后再离开吗？"

"很遗憾，我们没有时间这样做。船长给了我们这次逃离的机会。"

千东海知道黄太星的意思，他一直默不作声，表情却逐渐暗淡。在现实世界中总是孤身一人的千东海，突然要与船长离别，结束鹦鹉螺号上的生活，想必他的内心比任何人都难过。

这时，在鹦鹉螺号的深处，传来了微弱的风琴声。这是悲伤的旋律。

闵书妍安慰着千东海："东海啊，船长也会因为与我们分别而感到难过的。"

平静的旋律变得越来越快，琴声像是隆隆雷声。

就在此时，海中央出现了巨大的漩涡。原来，尼摩船长是通过风琴演奏来提醒大家大漩涡出现了。

黄太星把小船解开，落到海面上先行跳了上去。接着，闵书妍和吴百根登上了小船。最后，千东海一边抹着眼泪，一边下到船上。小船慢慢地被卷进漩涡里。

"大家快坐在船底，不管什么情况都要紧紧抓住。"

大家一手抓住船的边链，另一只手抓紧同伴。黄太星和孩子们用力地握住彼此的手。面对死亡的恐惧，大家脑子里一片空白，只有本能地祈求上苍保佑了。

小船进入漩涡中心，汹涌的波涛拍打着脸，漩涡深处仿佛传来了哀号声。大漩涡会把小船拍得粉碎吗？

这时，黄太星从口袋里掏出Q徽章，高高举起。如果传说是真的，它会把孩子们从死亡边缘拯救回来的。

突然，Q徽章发出了耀眼的光芒。时间似乎放缓了，漩涡也静止了。黄太星一行人看到尼摩船长正站在鹦鹉螺号的甲板上，泪水从这个钢铁般的男子汉的两颊簌簌而落。越来越远，越来越远……

台风为什么会产生?

在海上遇到台风的话,可以进入台风的中心地带——台风眼,这里是相对于眼外的高气压地区,晴空少云、风平浪静。

台风是热带地区产生的低气压所引起的。

一年中,台风主要在7—8月抵达韩国。

低气压? 高气压? 气压是什么?

1.台风

　　每年夏天都会从天气预报中得知台风来袭的信息。台风是发生在热带或副热带洋面上的低压旋涡,是一个深厚的低气压系统。台风会夹带着狂风暴雨,要在台风登陆前做好各项防御措施,以免造成人员伤亡和财产损失。热带气旋因发生的地域不同也有不同的名称,发生在西北太平洋上的被称为"台风",发生在大西洋和东太平洋地区的被称为"飓风",发生在印度洋上的则被称为"旋风",发生在澳大利亚东北部的被称为"威利风"。

台风气象云图

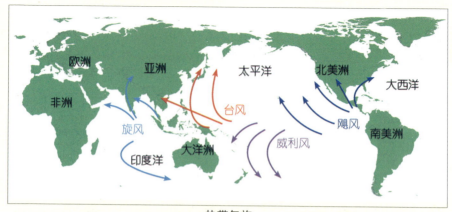

热带气旋

2.低气压？高气压？

气压是大气压强的简称，是作用在单位面积上的大气压力。在相同体积下，冷空气和热空气相比，冷空气重而热空气轻。温度越高，分子活动越活跃，分子间间隙增大，体积增大，密度降低；反之，则密度增大。因此，冷空气的密度比热空气大。密度大、压力大的空气叫"高气压"，密度小、压力小的空气叫"低气压"。大气压与物体的密度是成正比的。

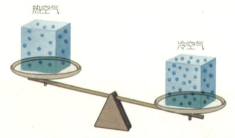

冷热空气的重量比

例如，一个是高气压地区，另一个是低气压地区，空气会从高气压地区移动到低气压地区。空气在水平气压梯度力的作用下就会产生运动，空气从气压高的地方向气压低的地方流动，其原理就像水由高处往低处流一样。总而言之，在水平方向上大气压的差异会引起空气的流动，而这种空气的流动就产生了"风"。

3. 白天是海风，夜晚是陆风

在海滨地区，白天风总是从海洋吹向陆地，夜里风则从陆地吹向海洋。换言之，海边白天吹海风，夜里吹陆风。为什么呢？这是由于海陆热力性质差异所造成的。白天，陆地受太阳辐射增温，温度高，形成低气压；海面上由于受热慢、温度低，形成高气压。气体从高压向低压运动，所以刮海风。夜间陆地冷却快，温度低，气压高；而海上较为温暖，温度高，气压低。因近地面气流从陆地吹向海面，所以形成陆风。

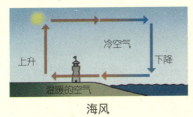
海风

陆风

4. 热带低气压——台风

台风是一个深厚的低气压系统。太平洋的热带海面受太阳直射而使海水温度升高，海水蒸发成水汽升空，形成强烈的低气压，并逐渐向高气压的中纬度移动。气团从太平洋上空掠过的时候会吸收大量的水汽，积蓄能量并形成巨大的云团，最终酝酿出台风。台风的高度可达几十公里，直径达几百公里。因此，巨大的台风会带来猛烈的暴风和强降雨。

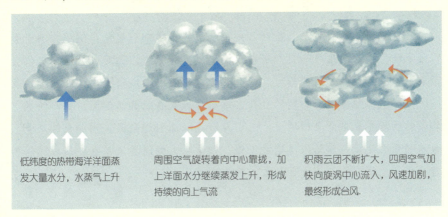

低纬度的热带海洋洋面蒸发大量水分，水蒸气上升

周围空气旋转着向中心靠拢，加上洋面水分继续蒸发上升，形成持续的向上气流

积雨云团不断扩大，四周空气加快向旋涡中心流入，风速加剧，最终形成台风.

台风形成示意图

5.台风眼

台风以逆时针方向吹动，从而形成逆时针螺旋状旋转的漩涡。如下图所示，台风的中心即台风眼。台风眼地区非常奇特，出现了下沉气流，因而云消雨散，风力很小，天气晴朗，夜间还能看到闪烁的星星。台风眼区外的空气，向低压中心旋进，挟带着大量的水蒸气，由于不易进入眼区而在外围上升，形成大片灰黑色臃肿高耸的云层，导致下起倾盆大雨。

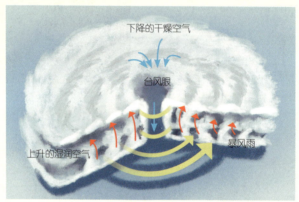

台风解构图

6.台风只会给人类带来危害吗?

台风伴随着猛烈风暴，所到之处摧枯拉朽，常常引起危房倒塌、洪涝灾害等事故，给人的生命和财产带来巨大的危害和损失。但是，台风不仅仅会带来危害。2018年台风"苏力"侵袭韩国，就没有造成较大规模的破坏，反而给久旱的土地带来了希望的甘霖。每当台风吹袭时翻江倒海，将江海底部的营养物质卷上来，鱼饵增多，吸引鱼群在水面附近聚集，增加鱼的产量。台风的巨大能量可能给人类造成灾难，但这巨大的能量流动也能使地球保持着热平衡，让人类安居乐业、生生不息。

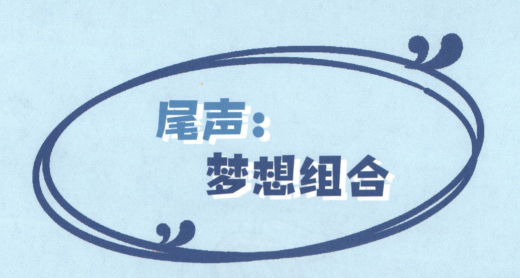

尾声：
梦想组合

闵书妍睁开眼睛，发现自己在医院里。据说由于地震，博物馆VR体验室的照明设备掉落，四个人被砸晕了，所幸都只是轻微的擦伤。不过为安全起见，大家都住了院，接受各种检查。

早已醒来的黄太星，和千东海、吴百根聚集在闵书妍的病床周围。

"老师，我们回来了吗？"闵书妍询问黄太星。

黄太星没有回答，而是指向窗外。闵书妍从床上起来，走到窗边。窗外的风景已经不是大海中的景象，而是高楼大厦。

大家再次回到了韩国，回到了现在。

没有人会相信，大家在传说中的潜水艇——鹦鹉螺号上度过了两个月的时间，而在现实中只过了一天而已。明天是星期一，又该去上学了。

"科学创意大赛，我们研究利用深海生物的地震预警能力怎么样？"闵书妍突然问道。

听到闵书妍的话，吴百根和千东海看向了她。

"生活在深海中的鱼类，不是能够预知即将发生的地震嘛。所以，我想可以在深海鱼身上贴上传感器，以帮助人类预测地震。如果鱼的游速异常加快，就能判断出地震即将发生了。"

千东海竖起了大拇指，说这是个好主意。

"啊，我已经开始想念在鹦鹉螺号上吃的海鲜了。"吴百根咂嘴说道。

闵书妍微笑着瞥了一眼，提醒道："吴百根同学，请回到现实中来吧。"

黄太星和孩子们没有和任何人提起鹦鹉螺号的事情，即便说了也不会有人相信，甚至还会以为事故造成了他们脑子的损坏。

星期一早晨，班里的孩子们在窃窃私语。从前像影子一样没有存在感的千东海，今天竟然活力满满地和大家打起了招呼。刻薄的闵书妍也和千东海有说有笑地聊着天。吴百根把海鲜甜点带到了学校，同学们都避之不及，可是闵书妍和千东海却吃得津津有味。

"虽然比不上鹦鹉螺号上的海鲜，但是在陆地上是最棒的。"闵书妍感慨道。

"哈哈，没错。绝对比不上那个味道。"吴百根说。

"话说回来，我们什么时候进行科学创意大赛的演练啊？"千东海问闵书妍。

"在演练之前，我有事情要做。"闵书妍对两人微微一笑。

"知道啦，下课后去海洋博物馆看看吧。"

　　"吴百根同学，今天我们要学的是……突然想起一个问题，黄太星老师会做一个冗长的解释吧？"

　　听了闵书妍的话，吴百根摇了摇头，无奈地说："呃，希望他不要做太长的说明。"

　　就在几天前，闵书妍还认为和吴百根、千东海组成的团队是令人心寒的组合。但是现在，他们一起组成了无与伦比的梦想组合。

番外一：黄太星的日记

扑通扑通心脏跳动的声音，整个走廊里好像都能听到。尼摩船长会同意我们离开潜水艇吗？如果允许的话，能用什么办法回去呢？

我站在尼摩船长的房间门前。灯光从门缝里透了出来。"咚咚咚——"我敲了敲门，但是里面沉寂了很久也无人应答。

我鼓足勇气推开门走了进去，房间里人待过的余温还未散去。很明显主人刚刚还在，但是现在不知去向。他的书桌上摆放着一本厚厚的书。走近一看，是他的日记本。

我翻开了日记。阿罗纳克斯教授、康赛尔、尼德·兰的名字赫然出现在里面，看起来船长的日记似乎与《海底两万里》有关。我快速翻阅厚厚的日记本，索性翻到了有字的最后几页。读了这部分内容，我就能预料出我和孩子们的命运了。

我们在挪威海域遇到了巨大的迈尔斯特伦大漩涡，阿罗纳克斯教授一行人乘坐小船逃离了鹦鹉螺号。阿罗纳克斯教授告诉人们，鹦鹉螺号可能被漩涡卷走，撕成碎片了。他应该是为了保守

鹦鹉螺号的秘密吧！因为教授见识过它的强大。

我的心脏疯狂地跳动着。我定了定神，重新翻看日记，尼摩船长清晰的笔迹映入眼帘。

与阿罗纳克斯教授一行分别10年后，我再次见到了陆地上的人。据说黄太星老师和他的学生们来自21世纪朝鲜半岛上的韩国。如果他们知道了鹦鹉螺号的秘密，并且泄露出去，陆地上的人们就会试图摧毁我们。如果真的有那么一天，背弃社会秩序和规范而躲进大海的我，向敌人的战舰发射复仇炮弹的我，一定会憎恨自己。我必须守护鹦鹉螺号和船员们。知道鹦鹉螺号秘密的人，无论是谁都不能离开这里。绝对，绝对不可以！

我很迷茫，我不知道该如何向孩子们传达尼摩船长的这种意思。闵书妍、千东海和吴百根失望的表情，仿佛浮现在了我的眼前。

黄太星老师一行人与我憎恨的陆地上的人类不同。他们懂得为别人着想，同时也热爱自然。看着他们，我冰冷的心脏会再次跳动起来。现在，鹦鹉螺号正驶向挪威海域出现的神秘漩涡——迈尔斯特伦大漩涡。我要再次尝试一下利用大漩涡进行空间移

动。黄太星一行人会像阿罗纳克斯教授一样，通过大漩涡回到他们的世界吗？万一失败了，他们又会去哪里呢？

　　从日记中我能够感受到尼摩船长的苦恼和纠结。他想要送我们回家，但因为这是需要冒着生命危险才能完成的事情，所以没有痛快地答应我们。回到宿舍，孩子们已经睡着了。

　　尼摩船长把日记本放在桌子上，是因为猜到我会去他的房间吗？他是希望我们知道他的苦恼吗？他难道是以这种方式来鼓励我们，让我们勇敢面对危险吗？我坐在沙发上沉思了半天，不知不觉睡着了。

番外二：黄太星的信

乘坐鹦鹉螺号穿梭于全世界海洋的回忆，至今仍记忆犹新。长相奇特的抹香鲸，深藏于黑暗死寂的深海中的鮟鱇鱼、猛扑过来想要吃掉潜水艇的大王乌贼，在南极洲抱团取暖、艰难生存的帝企鹅……真想再看一看千奇百怪的它们啊。

生物多样性无论是对生态系统，还是对人类而言，都很重要。生物不仅为人类提供衣食住行，还提供医药和能源，甚至提供休息处和避难所。只有与万物共生，人类的生存才能得到保障。

我们乘坐鹦鹉螺号航海旅行的19世纪，是人类肆意破坏大自然的时期。人们大肆捕杀鲸鱼和海豹，提炼出油；人们以工业化的名义，破坏动物们赖以生存的森林家园，无节制地开采煤炭等化石燃料……这些行为的结果就是，地球的自然环境受到污染，资源濒临枯竭，让当下的人们生活在对未来的焦虑之中。因为雾霾，蓝天变得难得一见。好奇心和欲望驱使下的猎杀，导致渡渡鸟已经彻底灭绝。相对较早开始被保护的鲸鱼，由于个体数量逐年减少，也可能濒临灭绝。

　　我希望大家读完本书之后，成为一个像尼摩船长一样热爱海洋、关爱海洋生物的人。守护海洋，需要大家齐心协力。听起来感觉很茫然，不过我们可以身体力行，做一些力所能及的事情。例如，立即减少塑料用品的使用，彻底进行垃圾分类回收。废塑料和塑料微粒流入河流和海洋，污染了海洋环境，威胁着海洋生态安全。我希望这种令人遗憾的事情能够越来越少。

　　我要去准备下一场旅行了，希望我们还能够在一起。

　　再见！期待下次相见！

《海底两万里》：思维缜密的
海洋科幻小说

  闵书妍、千东海、吴百根和黄太星乘坐的鹦鹉螺号，是法国作家儒勒·凡尔纳1869年发表的《海底两万里》中的潜水艇。

  儒勒·凡尔纳被称为"科幻小说之父"，他所写的《海底两万里》《从地球到月亮》《环绕月球》《地心游记》等小说大部分是科幻冒险故事。儒勒·凡尔纳所生活的19世纪是许多科学理论都不被世人认可的时期，但他却以缜密的想象力创作出了耐人寻味的科学小说，如阿姆斯特朗在1969年登陆月球，人类探索海洋最深处，人类征服南极点，这些都是小说问世许久后的事情。儒勒·凡尔纳的科学小说，现在读起来仍然令人惊叹不已，希望同学们能用心去阅读。

  《海底两万里》的故事发生的背景是19世纪，当时人们为了获取鲸油，经常在大海上捕杀鲸鱼。在此过程中，屡屡收到发现神秘的海洋怪兽或与哪个怪物相撞受伤害的举报。为了查明怪物的真实身份，舰船起航了，巴黎自然历史博物馆教授阿罗纳克斯及仆人康赛尔受邀参加追捕怪兽。在追捕的过程中，他们与鱼叉手尼·德兰一起不幸落水，又阴差阳错地登上了所谓的"海洋怪兽"——鹦鹉螺号潜水艇上。在这里，三人见到了谜一样的尼摩船长，并与他一起周游海底，穿梭冒险。

本书是在《海底两万里》的基础上，注入新的想象基因创作而成的科幻小说。希望大家通过这本书，即使是间接地，也能体会到美丽的海洋生物世界，同时想一想，面对严峻的全球环境危机我们应该做些什么？

跟黄太星和闵书妍、吴百根、千东海一起，乘坐潜水艇在广阔无垠的海洋中漫游，经历惊险刺激的海洋科学冒险，你觉得开心吗？如果不尽兴，请大家读一下儒勒·凡尔纳的小说《海底两万里》吧，一定会有更多的惊喜。

儒勒·凡尔纳(1828—1905)　　　　《海底两万里》1871年首版封面